龍雲
作品

龍雲
作品

驅魔教師
05
初生之犢
龍雲——著
B.c.N.y.——繪

驅魔教師

05 初生之犢

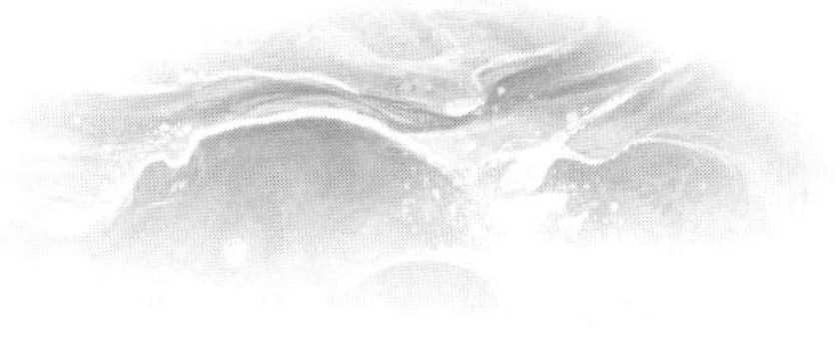

第1章・門

1

兩個多禮拜的時間可以為一個人的一生帶來多大的改變？

這個問題曉潔沒有答案，但是她非常清楚，經過了在么洞八廟度過的那兩個多禮拜之後，自己將永遠不一樣了。

就好像伍思凱那首知名歌曲〈分享〉裡所寫的：「好友如同一扇門，讓世界變開闊」。人生真的有很多關鍵的時刻，就彷彿打開一扇門一樣，讓自己的整個世界都完全不一樣了。

對曉潔來說，打從這個學期開始，她就被迫打開一扇窗，而在經過了那兩個多禮拜之後，她非常清楚自己已經打開了一扇門，而這扇門的背後，通往的是一條她從來沒有想像過的道路。

不過曉潔非常清楚，這並不是一扇隨機打開的命運之門，而是她自己選擇要開啟的大門。

原本只打算在么洞八廟暫住一個禮拜的曉潔，因為種種原因，再加上剛好碰上期末考，雖然沒有把名次看得很重要，但無論如何還是得顧好學生的本分，好好準備考試，因此才會將時間延長成兩個多禮拜。

然而兩個多禮拜的暫住雖然是告一段落了，但真正的問題現在才開始，這不管是對曉潔還是對阿吉，又或者是那個一直躲在暗地裡，對自己班上做盡邪惡之事的幕後黑手來說都一樣。

今天是曉潔要回到那個自己兩個多禮拜沒有回去的家的日子，因此一大早曉潔把東西都打包帶齊後，搭著阿吉的車，來到了那座熟悉的停車場。

這兩個多禮拜來，兩人幾乎都是這樣到學校的，阿吉開車到停車場，然後一個直接去學校，另一個則在停車場的廁所裡面，做好他每天都會進行的變裝，接著才以洪老師的模樣走進學校。

今天是需要上學的星期一，因此就這點來說，跟平常並沒有什麼兩樣，曉潔把行李留在車上，提起書包，跟往常的上課日一樣，白了一眼又要去變裝的阿吉，然後離開停車場，朝學校而去。

然而即便已經過了兩個多禮拜這樣的日子，曉潔還是很不習慣，那是一種很奇怪的感覺。

走出停車場，一切都感覺不真實，然而在通往學校的路上，跟其他身穿一樣校服的同學一起並肩而行，感覺又逐漸踏實起來，但其中卻混雜著另外一種的不真實感，不過在經過校門，進入學校之後，那種不真實感又會消失不見。

介於兩個真實，卻都存在著些許不真實的世界之中，一個世界假裝沒有事情發生，拒絕承認任何妖魔鬼怪的存在，另外一個世界卻是充滿妖魔鬼怪，鬼影幢幢，彷彿每個角落都有一對邪惡的雙眼凝視著往來的路人。

曉潔覺得自己卡在這樣的兩個世界中間，不屬於任何一個世界的人，但是真正讓曉潔困擾的地方是，偏偏她又離不開任何一個世界，將另外一個世界拋諸腦後。

想知道真相，卻又還沒準備好接受真相，這樣的矛盾，正是曉潔困惑的來源。

走入教室，最先看到的正是阿吉應援團的成員，此刻她們又聚集在一起，聊著阿吉的事情。

曉潔有點羨慕她們，明明也經歷過了另外一個世界的一切，卻能夠回到這個彷彿一切都沒有發生的世界。

這兩個多禮拜對阿吉應援團來說，日子也不算好過。

雖然她們新增了一名成員，也就是上一次陷入困境的黃春羽，不過才剛有了同好，卻不能像之前一樣，三不五時去廟裡參觀。

由於曉潔暫住在么洞八廟，因此阿吉以寺廟裝修為由，要她們暫時別到么洞八廟來，讓她們非常失望。

而且這也不單單只是針對她們而已，事實上么洞八廟在過去的這兩個多禮拜，對外也是暫時停止開放的狀態。

這當然也是因為阿吉考量到時間不足，希望盡可能減少外界的干擾，才會做出這樣的決定。

隨著曉潔結束了她在么洞八廟暫居的日子，么洞八廟也再度重新對外開放，這讓阿吉應援團的成員們都充滿了歡喜，相約在今天放學後，一起去參觀么洞八廟，「順便」看看阿吉。

但是她們卻渾然不知，自己即將面對人生有史以來第一次，徹徹底底的美夢幻滅。

2

「從今天開始，你將會永遠不同於以往。」

看著鏡子裡面的自己，阿吉的耳邊響起了當年呂偉道長對他說過的話。

阿吉將自己的金髮盤好，然後戴上那頂黑灰相間的假髮，最後再戴上特製的厚重黑框眼鏡。

「你所知道的一切，都是祖師鍾魁所傳承下來的口訣。你將背負他的名，在人世間除妖伏魔。你要謹記祖師教誨，不讓祖師蒙羞。身為師父，我只有一句話可以給你，那就是『義無反顧』。」

阿吉一邊回憶著呂偉道長說過的話，一邊完成了換裝。

就好像人家說的「佛要金裝，人要衣裝」，光是這幾個動作，就讓阿吉整個人的感覺有了一百八十度的大轉變。

從痞子般的夜店咖，變身成宅男般的古板老師，只靠一頂假髮與一副特製的眼鏡，然後再加點演技……不，嚴格說起來，這並不是演技，人往往會隨著自己的裝扮而有不同的心境，跟著那樣的心境，自然就可以表現出完全不一樣的人格。

衣裝改變的，往往不只有外觀而已，比如穿上西裝就會有種變得沉穩的感覺，這點實在讓人覺得不可思議。

因此在換上這些代表著洪老師的偽裝之後，阿吉的心情與心境也跟著轉變，背脊自然而然駝了起來，而眼神也因為要避開鏡片中央那厚重的度數而變得渙散。

可是不管怎麼改變，不論身分是阿吉還是洪老師，唯一不變的是，他是呂偉道長在人世間唯一的弟子，而此刻洪老師耳邊響起的，仍舊是當年呂偉道長的話。

「那麼從今天開始，」呂偉道長對跪在面前拜師的阿吉說：「你就是鍾馗祖師直傳的弟子，口訣與術法只是一種武器，能幫人也能害人，這就是為什麼我們的口訣絕對不能記錄下來的原因。永遠記得，我將這些傳給你，是因為信任，也希望你永遠不會違背這份信任。」

會想起這段話，不是沒有原因的，因為不久之前，阿吉才說過同樣的話。

看著鏡子裡面的自己，此時阿吉已經消失，鏡子裡面只剩下洪老師的模樣。

學期已經快要進入尾聲，上週期末考已經結束，再過兩天就要放寒假，對方也差不多該露出真面目了。

畢竟不管對方是針對自己或是普二甲的學生，一旦進入寒假，每個人的行程都會變得難以掌握，這絕對不會是對方所樂見的。

然而真正讓洪老師不安的是，這一切似乎都跟著對方的腳步在走，危機一次比一次還要嚴重，現在眼前的情況已經快要超過他的想像了。

當對方使出「狂」的時候，就已經比當年的劉易經還要邪惡了。

嚴格說起來，他已經失去一個學生了，雖然不知道對方到底會做到什麼地步，不過有一點洪老師非常確定，那就是他絕對不願意再失去第二個學生了。

3

就在曉潔即將回家的這一天中午。

午休時刻，整個校園是一片寧靜，城市的喧囂被隔絕在牆壁之外，就連師長們也多半會趁著這個時間稍微午睡一會。

這兩個多禮拜暫住在么洞八廟，因為時間其實還是不太夠，所以也稍微壓縮到了睡眠時間，此刻學校的午休時間對曉潔來說，顯得非常珍貴，幾乎在打鐘的同時，曉潔便沉沉地睡去，進入夢鄉。

其他同學也在午休鐘聲響起之後，紛紛回到自己的座位趴下休息，整間教室很快就陷入一片寧靜，接著傳出一些微微的鼾聲。

不只有普二甲，就連其他教室，乃至於教師辦公室，此刻都是這樣的氣氛，到處都是一片平靜。

直到午休即將結束之際，普二甲的門被人緩緩地打開，一個身影從裡面躡手躡腳地走了出來，關起門之後，捧著肚子朝著廁所而去。

這個身影是普二甲的賴湘芝，打從早上開始，就一直覺得肚子不是很舒服的她，吃完午餐之後，肚子又開始翻滾了起來。

因為很討厭在家裡以外的地方上廁所，所以一直希望可以憋到回家，但現在情況真的很緊急，所以雖然百般不願意，還是得要衝廁所。

不喜歡在外面上廁所有兩個原因，一是不管外面廁所看起來再怎麼乾淨，她都覺得沒有家裡的潔淨，畢竟不知道有什麼樣的人使用過，感覺起來就不是那麼衛生。另一個原因則是她不喜歡上廁所時的氣味與聲音，被任何其他人發現，不管是認識還是不認識的，因為對賴湘芝來說，這是屬於極度的隱私。

因此像這樣在午休的時候上廁所，或許是最好的時間點，大部分的學生都在教室裡面午休，廁所裡不太會有其他同學，可以讓賴湘芝的心理障礙降到最低。

進了廁所之後，挑了一間最乾淨的隔間，賴湘芝開始解決她最不情願的一件事情。

這時她才發現，雖然午休時間廁所幾乎沒什麼人使用是一個優點，但相對的也是一個缺點，因為此刻的廁所安靜到有點異常，甚至安靜到賴湘芝都覺得自己的呼吸特別大聲。

平常午休時間真的都那麼安靜嗎？

賴湘芝不禁覺得有點懷疑，畢竟要全校師生全部進入午睡狀態其實真的有難度，或多或少都還是會有人在外面走動，也不免會有一些說話或是動作所發出來的聲音。就算今天校園內特別安靜好了，但J女中就坐落於市區之中，旁邊緊鄰著大馬路，尤其廁所這邊的窗戶，也是正對著大馬路的，按理說也應該會有些往來車輛的聲音，或是一些路上的吵雜聲才對。

像這樣靜音到讓人覺得有點詭異的狀態，真的會發生嗎？

雖然有點疑惑，但是賴湘芝也不以為意，繼續自己的事情，一直到耳邊聽到了一些奇怪的聲響。

一開始賴湘芝還以為是其他同學進來要使用廁所，但是她很快就發現並不是這麼一回事。

那聲音感覺很奇怪，就好像有人正在遠離一樣，而且方向是正對著賴湘芝所在的隔間，從隔間門外逐漸遠離，然而很不合邏輯的地方是，隔間門正對面距離不到五步的地方就是牆壁，按理說到牆邊應該就會停下來，可是那聲音卻仍然持續地遠離，越來越小聲，但是卻仍然聽得見。

這到底是什麼東西發出來的聲音？

除了這個聲音之外，賴湘芝還突然發現一件跟聲音有關的怪事。

那就是剛剛自己衝進廁所的時候，距離午休結束的下課時間只剩不到五分鐘，賴湘芝看了一下自己的手機，現在已經超過了下課時間了，一般來說下課時間一到，就會有一些同學陸續起來活動，校園也會逐漸又熱鬧起來才對。

但是除了那個越離越遠的聲音之外，賴湘芝都沒有聽見其他任何聲音。沒有聽到下課的鐘聲，也沒有聽到下課之後往來的人聲。

這到底是怎麼一回事？

賴湘芝感到疑惑，而且是不能置之不理的疑惑，甚至開始覺得有點恐懼，這樣的情緒讓她根本不想繼續待在這裡。

賴湘芝處理完之後，站起身來，壓下沖水桿，整間廁所頓時充斥著沖水的聲音，這樣的聲音讓她緩和了一點剛剛不斷高漲的緊張情緒。

可是當賴湘芝的手碰到門鎖時，突然心頭揪了一下，有種不安的情緒又莫名地浮現出來。

不知道為什麼，她突然覺得眼前的這扇門，會好像哆啦A夢的任意門一樣，帶著自己朝完全陌生的地方去，而在那個地方，似乎有著什麼很恐怖的東西在等著她。

賴湘芝一向都不是想像力豐富的女孩，這點她自己非常清楚，不過連她自己也解釋不了這些想法究竟是打哪冒出來的。

不過，她總不能就這樣把自己關在廁所裡面吧？

因此，賴湘芝深呼吸了一口氣，然後緩緩地打開了門，廁所外面，仍然是那片有點昏黃的白色牆壁，只是……

正當賴湘芝猶豫著自己要不要打開廁所門的時候，走廊同一側，與廁所相隔了兩間教室的普二甲裡面，曉潔從夢中驚醒過來。

雖然不記得夢的內容，但曉潔還是可以感覺到自己在夢中殘留下來的那種驚恐情緒。她有些不安地摸了摸自己的胸口，睡眼惺忪地眨了眨雙眼，此時的教室已經有幾個同學坐起身來，不過大多都還有點昏昏沉沉的感覺。

雖然這景象在午休過後並不罕見，不過曉潔立刻感覺好像有哪裡不對勁，只是連她自己都沒辦法說清楚，到底是哪裡有問題。

一直到坐在前面的同學把教室裡的燈打開，曉潔才回過神來，想到剛剛好像沒有聽到鐘聲。

由於父母在她讀國中的時候，便因工作的關係被派到國外常駐，曉潔早就習慣了自己設定鬧鐘起床，因此像這樣忽略鬧鈴或鐘聲而睡過頭的情況，已經有好幾年不曾遇過了。不過這幾天都處於睡眠不足的狀態，所以就算說是已經打過鐘了，只是自己睡得太熟而沒有聽到，曉潔也不覺得意外。

不對，似乎不只有這樣。

曉潔心中突然閃過了這樣的想法，她認為自己感覺到的不對勁似乎不只有鐘聲。

就在有同學因為想要外出而走到前面，準備打開教室門的時候，曉潔才知道到底是什麼讓自己覺得不對勁了。

……是聲音。

這實在是太安靜了，完全沒有半點聲音，不管是窗戶外面熱鬧的馬路，還是教室門外的走廊，已經下課好一陣子，下午的第一堂課都快開始了，應該會有些師生在外面行動才對，但此刻卻完全沒有半點聲音。

就在曉潔這麼想的同時，那兩個想要外出的同學將門打了開來。

就好像這兩個多禮拜，曉潔打開的那扇象徵著人生轉捩點的門一樣，這幾個同學也打開了一扇不得了的門。

雖然同樣都意味著打開了通往另外一個世界的門，但不同的是，這扇門通往的只有絕對的絕望與恐懼。

而這一切，就在開門後，立刻傳來的那陣尖叫聲中揭開了序幕。

第2章・異界漂流

1

這樣下去真的好嗎？

謝老師總覺得有點不安，畢竟距離那起事件到現在也不過兩個多禮拜。

上課鐘聲響起之後，謝老師便拖著沉重的腳步，離開了教師辦公室。

今天下午的第一堂課，是她最討厭的普二甲的課。

明明兩個多禮拜前才發生過那麼嚴重的事件，該班的一個學生偷襲老師、破壞美術教室、毆打教官、蹺課跑出校園，甚至還咬掉了路人的耳朵，現在因為精神狀況不穩定的關係，留在醫院觀察。

一想到自己曾經在那個學生面前教過書，謝老師就有一種死裡逃生的感覺，雖然很慶幸發生這一切的時候，自己不是在上普二甲的課，但是一想起來還是感到不寒而慄。

學校對於該名學生的犯行處理態度非常不積極，有種想要粉飾太平的感覺，這讓謝老師非常不滿，她已經不止一次提出該班所有學生都應當要進行精神鑑定，但學務主任卻總是以個案來形容那個學生。

開什麼玩笑？站在第一線有危險的人可是自己啊！學務主任當然講得很輕鬆。

誰知道那些看起來正常的學生裡面，會不會還有潛藏著像那樣精神狀況出問題的學生？

尤其是看看她們班的導師洪老師，一臉就好像現代人所說的宅男模樣，有時候看起來就有種變態的感覺，誰知道那個學生會不會就是在那種宅男的教育底下變得精神異常。

就算不是，天曉得精神錯亂這種東西會不會傳染啊！或許那些留下來的學生之中，還有一些未爆彈也說不定。

我到底是哪裡惹到髒東西了，怎麼會那麼倒楣，全校那麼多班級，偏偏要來教這一班？

我只是個地理老師而已，為什麼得要冒著生命危險來到這個班級上課呢？

就在謝老師自怨自艾地在心中咒罵著普二甲的同時，即便那腳步再怎麼沉重，終究還是來到了那間掛有普二甲牌子的教室。

沉下了臉的謝老師，惡劣的心情全寫在臉上，這兩個多禮拜以來，只要是上普二甲的課，她就是這張臉與這樣的情緒。

比起那些她所謂的未爆彈的學生，此刻的她更像是一顆隨時都會引爆的不定時炸彈，哪怕是再小的事情，都可以點燃她想要將普二甲的學生罵個狗血淋頭的引信。

帶著這樣極端厭惡的情緒，謝老師走到了普二甲的教室門前，用力地將門打開，然後……

謝老師沉著的那張臉就這樣僵住了，愣了一會之後，臉上原本的表情垮了下來，換上的是一張疑惑的臉。

她向後退了一步，仰起頭來看了看那個掛在教室上面的牌子，牌子上清楚地寫著「普二甲」，這讓她臉上的疑惑更深刻了，低頭看了看手錶，下午的第一堂課現在已經過了七分鐘。

這到底是怎麼回事啊？

疑惑至極的她，退出教室外，看了看嵌在外牆上的課表，今天下午的第一堂課確實寫著「地理課」。

一切都跟自己腦海裡面的記憶一樣，沒有任何搞錯的空間與餘地……

那麼……學生呢？

看著空蕩蕩的教室，謝老師疑惑的表情變成了一臉愕然。

不會吧？

這到底又是什麼狀況啊？

罷課嗎？還是全班集體蹺課？

就算已經考完期末考，快要放寒假了也不該這麼放肆吧？

這個班級到底是哪裡不正常啊！

謝老師走進教室裡面看了一下，不要說學生了，就連教室的燈都沒有打開。

打開教室的電燈，燈光一明一滅地點亮，就在這閃爍的瞬間，謝老師彷彿看到了學生的身影，不過在燈光完全亮起，照亮教室每個角落的時候，教室卻依舊空蕩。

這些學生到底是死到哪裡去了？

看著空蕩蕩的教室，謝老師一時之間情緒混亂，又氣又疑惑還夾雜著一點不安，站在講台前，扠著腰怒氣沖沖地瞪著台下空蕩蕩的教室，過了好一會之後，謝老師才氣惱地叫了一聲。

「啊——」謝老師對著空無一人的教室咆哮：「搞什麼鬼啊！」

雖然萬般不願意，甚至有種乾脆這堂課就自己回到辦公室去滑手機算了的想法，反正這些學生就算全部不見也跟自己無關，不過謝老師最後終究還是走出了教室，然後深呼吸一口氣，稍微調整一下情緒之後，走到隔壁普二乙的教室。

此時普二乙已經開始上課，謝老師有點尷尬地站在窗戶外面，向裡面正在上課中的普二乙英文老師揮了揮手。

擔任普二乙英文老師的人，正是普二丙的班導黃老師，當開學第一天，陳純菲的媽媽殺到學校來吵分班一事的時候，黃老師也在一旁幫忙勸導。

黃老師向同學們說幾句話之後，走出教室外去了解狀況。

「不好意思，黃老師，」謝老師一臉歉意地說：「那個……隔壁班的學生，妳知道她們去哪裡了嗎？」

或許是覺得這樣的問題說出來有點可笑，所以謝老師有點不知道該如何啟齒。

「隔壁班的學生？」黃老師皺著眉頭說：「妳說哪一個？」

「……全班。」謝老師苦著臉說。

「啊？」黃老師一臉狐疑，似乎不太了解謝老師說的話：「全班？」

黃老師一邊說，一邊走到隔壁普二甲的教室，看了一眼，裡面的確空蕩蕩的沒有半個學生。

「會不會是睡昏頭了？」黃老師側著頭很勉強地提出一個解釋：「我記得她們明天還是後天下午的第一堂是體育課，會不會睡昏頭以為今天是體育課，所以就跑去操場了？」

「全班都睡昏頭了？」謝老師有點哭笑不得地說：「這也太奇怪了吧？」

的確，就連提出這個觀點的黃老師自己也覺得太牽強了點。

兩人面面相覷，過了一會，黃老師轉身跨了一大步回到普二乙的教室後門，探頭到裡面對學生們問道：「妳們有誰知道隔壁班的同學跑去哪裡了嗎？」

普二乙全班同學妳看我、我看妳地過了一會之後才有個學生說：「她們班午休醒來之後就沒看到人了。」

「午休醒來之後？」黃老師一臉訝異。

「對啊，」那學生理所當然地說：「下課的時候我經過她們教室，裡面就已經是空空的了，完全沒看到人。」

聞言，其他學生也開始八卦了起來，不過大體上似乎就是這樣。

黃老師聳了聳肩，然後轉頭看了看謝老師。

謝老師當然知道，這已經是她的責任了，黃老師最多也只能幫到這裡，這讓她的內心更加不爽了。

「謝了，黃老師，」謝老師客套地說：「我還是去找她們班導師問問看好了。」

謝老師轉身離開，朝樓梯走過去，她打算先去教師辦公室裡面找那個宅男洪老師問個清楚再說。

2

才剛打開門，傳進來的竟然是一陣淒厲的尖叫聲，這讓那兩個想要走出教室的普二甲同學，頓時愣在門口。

原本還趴在桌上睡覺的同學，此刻也被這陣尖叫聲驚醒，一臉搞不清楚狀況地看著四周。

曉潔當然也覺得奇怪，但是一時之間還沒辦法理解眼前到底是什麼情況。

事實上，在那兩個同學開門之前，曉潔就一直覺得不對勁，而且這種感覺不僅僅只有心理方面，就連身體也有些地方讓她感到不是很舒服，喉嚨有點卡卡的，鼻腔中似乎聞到一股奇怪的味道，雙眼也有種模糊不容易對焦的感覺。

雖然聽到尖叫聲，但是一時之間，包括曉潔在內的全班同學並沒有很驚慌，畢竟這是女子高中，就算有人在走廊上玩到尖叫，好像也沒有什麼大不了的，雖然剛剛的尖叫挺駭人的，不過大夥倒也沒有真的認真看待，兩個在門口因為聽到尖叫聲而愣住的同學，互看一眼之後笑了出來。

到底是誰發出這樣淒厲的尖叫聲？

這是大家心中第一個浮現的問題，比起發生什麼事情會讓一個人叫成這樣，是誰發出的聲音反而比較讓人好奇。

而在尖叫聲過後，一切都彷彿回到了正常，同學們陸陸續續醒來，然後開始準備迎接下午的課程。

那兩個在門口的同學，探頭看了外面幾眼之後，也走出了教室。

雖然一切恢復正常，但曉潔不管是生理還是心理，都還是存在著那股不對勁的感覺。不過此刻曉潔只覺得應該是剛剛睡覺的時候，因為惡夢的關係冒出了一身冷汗，導致自己可能有點著涼的跡象，合理化自己的身體狀態。

有些人站起身來活動一下筋骨，有些人已經拿出下一堂要用的地理課本，也有一些人走出了教室，而就在一切都看似正常的時候，除了午休還沒結束就去廁所的賴湘芝以外，全班最先走出教室外的一位同學，匆匆忙忙地跑了回來。

「好怪！」那同學說道：「乙班跟丙班都沒有人在耶！」

雖然這麼說，但那同學臉上卻是掛著一臉笑意，就好像發現什麼很新奇的事情一樣。

「不知道她們去哪裡了？」那同學繼續說：「兩班的教室都空蕩蕩的。」

聽到那同學這麼說，班上有些人立刻走出教室想要去看個熱鬧，也有些人擺出一臉不以為然的表情，不知道這有什麼好大驚小怪的，畢竟午休完的下課，整個班級被叫出去勞動服務，或是去練習什麼班際比賽之類的事情，導致班上完全沒有人在的情況也不是沒有發生過。

當下曉潔並沒有什麼想法，只是很自然地轉過頭去看了一下緊鄰馬路的窗外，然後臉上立刻浮現出疑惑的表情。

這時又有一個同學跑回了教室，不過相較之下，這次回來的同學臉上已經沒有任何笑意了。

「欸欸，學校好像都沒有人在耶！」那同學臉上多了一點不安的神情說：「我剛剛去另一邊的多媒體教室還有應用外語教室，一路上都沒看到人，教室也全部都是空的。」

聽到第二個回來的同學這樣說，就連原本不覺得有什麼好大驚小怪的同學，臉上也浮現出疑惑的神情。

難道有什麼全校性的校外活動，只有自己班不知道？可是一般而言，全校性活動在進行的過程中，不可能會安靜到都沒人聽到任何聲音，而且獨缺她們班沒有參與的話，也一定會有人來通知才對。

一陣騷動在普二甲裡蔓延開來，同學們開始議論紛紛起來，反而是坐在內側窗邊的曉潔，仍然一臉訝異地看著窗外。

「曉潔，」副班長林俐喬走到曉潔身邊拍了拍她的肩膀說：「妳有聽到她們說的嗎……妳沒事吧？」

被林俐喬拍了拍之後，曉潔這才回神，轉過頭來對著林俐喬說：「不是只有學校……外面的馬路上，也完全沒有車、沒有人。」

雖然曉潔說話的聲音不大，加上全班又處於七嘴八舌的狀態，不過還是有幾個坐在附近的同學聽到了，立刻衝到窗戶旁邊往下看，其他人見狀也跟著擠過去看熱鬧。

馬路上看起來景象依舊，可是卻真的如曉潔所說的一樣，完全沒有任何往來的車輛，甚至連一個行人也沒有看見。

這裡是台北市區，除非有什麼特別原因，不然在這種時刻，路上要連一台車子都沒有實在是不太可能的事情。

「防空演習嗎？」其中一個同學提出自己的看法。

「怎麼可能？台灣都已經多久沒有戰爭了，有多少人真的把演習當一回事？」

「而且就算是演習，也不需要把所有人都撤走吧？留在室內就好了不是嗎？」

「更何況，如果真的要淨空，為什麼就只跳過我們班？」

「對啊，萬一真的有空襲警報，我們全班不就只能在這裡等死？這什麼差別待遇啊！他們應該不會就這樣見死不救吧？」

防空演習的說法立刻被同學們推翻，取而代之的是雜七雜八的各種可能性，到後來甚至連聖經裡的末世預言都出現了，其中就有同學大膽推測，其實她們根本已經被接到了天國。

雖然班上同學一個接著一個提出了許多假設，但不管是哪個論點，聽起來都非常不合理。

「那個，」突然有一個同學怯懦懦地說：「可以聽我說一下嗎？」

那同學反覆說了三次，大夥才逐漸停下議論，一起轉向那個同學。

「那個……」那同學接著說：「我看過一部漫畫，裡面的內容就是……嗯……跟我們目前的情況……很像。」

這位同學叫做陸佳容，因為天性害羞的緣故，所以說話的時候如果不加點「這個」、「那個」或者「就是」之類的語助詞，似乎就沒辦法順利講下去。

「哪一部漫畫？」

「那個……好像叫做……漂流教室，是很久以前的漫畫了。」陸佳容越講越小聲地接著說：「內容大概就是那個……有一個小學，被傳送到了好像是異世界之類的地方。」

「所以，妳的意思是我們也到了異世界？」

「這個……」陸佳容哭喪著臉說：「我也不確定，我就只是看過那部漫畫而已。」

接著同學們七嘴八舌地拋出一堆問題，陸佳容完全回答不來，不知所措的模樣表露無遺。

其中一個同學揮了揮手，要大家住嘴，等大家都停下來之後，她才開始問陸佳容一個最重要的問題。

「重點是，」那同學瞪大眼睛問：「最後結局怎麼樣？他們有沒有回去原來的世界？怎麼回去的？」

「那個……」陸佳容低著頭說：「我……我沒有看完，所以我只知道開頭大概就是……跟我們現在一樣。」

聽到陸佳容這麼說，所有人都愣住了，然後接著才又開始七嘴八舌地吵了起來。

「騙人的吧！」

在一陣混亂之中，有人已經慌張地跑出了教室，甚至還有人拿起書包，就往外面衝。

「曉潔，」副班長林俐喬也是一臉不知所措地問著曉潔：「現在我們該怎麼辦？先待在教室裡嗎？還是一起出去看看？」

林俐喬一連拋出了幾個問題，曉潔只是搖搖頭，雖然一時之間腦子裡一片空白，但是曉潔的直覺告訴自己，不應該在還沒搞清楚狀況之前，就像個無頭蒼蠅一樣隨便亂跑。

可是即便留在教室裡面，對現階段還不知道是怎麼回事的曉潔來說也不會有任何幫助，因為如果不走出教室，恐怕永遠都搞不清楚狀況，所以到頭來還是需要出去看看才知道。

就在曉潔進退兩難，不知道該留在教室裡面還是出去外面看看的時候，突然聽到一旁有幾個人提到了阿吉。

轉過頭去看，原來是那些阿吉後援會的成員。

她們靠在一起，雖然是最晚加入，但看起來卻像是領導者的樂天派黃春羽，安慰著其他人說：「不用擔心，洪老師應該很快就會知道我們不見了，然後他一定會告訴阿吉，阿吉立刻就會趕過來救我們了。」

聽見黃春羽提到阿吉，讓曉潔頓時想起了過去兩個多禮拜的事情，相對地也聯想到了眼前的一切。

難道說……這一切也是那個幕後黑手搞出來的？

曉潔內心一懍，一想到這裡，瞬間有種不如去撞牆的感覺。

如果真的是這樣的話，那這兩個多禮拜的時間不就都白費了？自己到底在搞什麼啊！

曉潔自責不已，然而不管再怎麼自責，情況也不會改變，只有冷靜下來才能夠真正搞清楚現在的情況。

這麼一想之後，曉潔開始靜下心來，然後兩個多禮拜來的一些事情，就這樣自然而然地浮現在腦海裡面。

兩個多禮拜前，阿吉要求曉潔到么洞八廟去暫住一陣子，就是為了要將口訣以及一些像是跳鍾馗、七星步等鍾馗派的基本收鬼技巧傳授給曉潔。

而曉潔也有感於最近班上真的發生了太多事情，自己如果學會這些的話，或許能夠對班上和阿吉有點幫助，因此也坦然接受，就這麼拜入了鍾馗派底下，成為阿吉的弟子。

雖然在鍾馗派最重要的口訣方面，憑著曉潔驚人的記憶力，背誦方面沒有什麼太大的問題，但不管怎麼說，這兩個多禮拜終究只是臨時抱佛腳，根本還沒有足夠的時間讓曉潔真正融會貫通，因此就算真的遇到了，還是沒辦法立刻反應判斷，自己遇到的是什麼樣的情況，不過一旦冷靜下來，開始好好分析，順著口訣，許多事情都浮現出來，似乎也就能夠理解了。

首先，曉潔了解自己這些心理與生理上的不適感，到底是怎麼來的了。

腦海裡面浮現的是兩個多禮拜前跟阿吉在么洞八廟時，阿吉所說過的話。

「妳還記得，」阿吉問曉潔：「徐馨的奶奶打電話來幫她請假的時候，我不是說聽起來會覺得有點頭暈嗎？」

曉潔點了點頭。

「那不是我唬爛的，」阿吉說：「這是所謂的修道之後，會產生的生理反應。」

聽到阿吉這麼說，曉潔白了一眼，因為這怎麼聽都像是在唬爛。

「不要給我死魚眼，」阿吉說：「這是真的，是妳自己誤解修道的意思。我知道妳腦海裡面想的是什麼，不過所謂的修道，指的其實就是一些研習道法的過程，哪怕妳只是背誦口訣，都算是一種修道。這完全是一分錢一分貨的功力，妳修行越久，這種道行就越高。而且，不只有我們鍾馗派，其實我們華人普遍的教派都有這樣的觀念，就好像和尚早課的唸經一樣，所謂的修行不過就是這樣而已。不是妳想像中的那種一定要到深山之中，找個瀑布或山洞蹲在那裡等著受風寒才叫做修行。」

當然即便阿吉這麼說，當時的曉潔還是不太相信，一直到現在，這樣的現象也真的浮現在自己身上，她才真正了解其中的意涵。

所以打從午休起來之後，自己就感覺到身體不太對勁，是因為眼前的這一切，根本就是一種法術？

才剛這麼想，曉潔立刻又想起了兩個禮拜前阿吉講過的事情。

「……歷史文獻，甚至是許多稗官野史、都市傳說裡出現的那些景象，」當時的阿吉是這麼說的：「其實都不是什麼連夜搬遷，更不是什麼殺人狂一夜殺光所有人，或者是什麼天然大災難，而是我們口訣所述的……」

「千靈俱消，萬物均變，此乃……」口訣在曉潔心裡面浮現：「……滅。」

3

一陣急促又沉重的腳步聲，從樓梯上快速地向下踏，謝老師簡直快要氣炸了。如果真要說的話，比起去上普二甲的課，謝老師說不定還更討厭洪老師一點。

對謝老師來說，她認為就是有洪老師那樣的老師，才會讓現在的學生越來越不尊師重道。

總是駝著背，一副完全沒有自信的模樣，雖然不至於邋遢，但是絕對不是那種讓人一看就會覺得很有精神的模樣，講話總是怯懦懦的，一點都沒有為人師表該有的模樣，一看就知道他從小到大就是個書呆子，像這樣的人也來當老師，根本就是降低了老師這兩字的水準。

而也正因為如此，像自己這樣從小就立志要從事教職，上起課來一板一眼的好老師，才會不受學生喜愛。

謝老師把自己不受學生喜愛的原因，全部怪罪在洪老師身上，這也是她非常不喜歡跟洪老師講話的原因之一。

不過普二甲的學生全部不見了是既定的事實，偏偏這種倒楣的事情，發生在自己的課堂上，因此即便心中有千百萬個不願意，謝老師還是來到了洪老師的辦公桌前。

這堂洪老師沒有課，因此正低著頭在看自己的書，即便謝老師已經走到身邊，洪老師還是一副渾然不覺的模樣。

「咳！咳！」

謝老師輕咳了兩聲，希望洪老師可以抬起頭來看著自己，想不到洪老師卻充耳不聞，依舊低著頭。

天啊！這男人是木頭還是恐龍嗎？怎麼可以遲鈍到這種地步？

沒辦法，既然用暗示的不能讓洪老師抬起頭來，謝老師也只能出聲了。

「洪老師！」

謝老師叫了一聲，洪老師這才抬起頭來，眼神還有點渙散，看起來就好像剛睡醒一樣。

不會吧？你剛剛在睡覺嗎？你是一個老師，有必要像學生上課偷睡覺一樣，假裝在看書嗎？有病！這傢伙絕對有病！

謝老師在心中咒罵著洪老師。

洪老師則是一臉茫然地看了一眼謝老師之後，立刻把眼神轉開問道：「謝老師？怎麼了嗎？現在……不是上課時間嗎？有什麼事情嗎？」

廢話！不然你以為我來跟你聊天的嗎？

看到這樣的洪老師，謝老師有種無力感，她可以想像，自己等等把他們班的學生全部失蹤這件事情告訴他之後，這男人可能會完全愣住，然後束手無策，只能去找教官，最後把整件事情的責任全部踢給別人。

沒錯！這傢伙看一眼就知道是這種人！毫無擔當！毫無責任感！像這種人啊，肯定是發生事情就會趕快找個地方躲起來，然後讓學生自生自滅。一有事就跑第一的就是他這種人。

「你們班這堂是我的課，」即便內心戲豐富到都可以寫成連續劇了，但謝老師還是不動聲色，四平八穩地說：「可是我到你們教室，你們班的學生全都不在位子上。」

聽到謝老師這麼說，洪老師皺起眉頭一臉不解的模樣。

果然！我就知道！這男人果然是這種反應。

謝老師在內心給自己一個大大的掌聲。

「什麼意思？」洪老師一臉疑惑地說：「不在位子上，不然她們在哪裡？」

「我不知道啊，」謝老師用一副「知道的話我還需要來問你嗎」的表情，瞪大著眼說：「我走到你們班，整間教室都空蕩蕩的，聽隔壁班的學生說，午休之後就沒看到你們班的學生了。」

沒錯，繼續裝蒜、裝傻，反正你橫豎也只能找教官或學務主任，不然你還能怎樣？

正當謝老師覺得洪老師應該就是那副死樣子的時候，洪老師卻猛然站了起來，嚇了謝老師一跳。

「什麼？」洪老師訝異地看了看手錶叫道：「上課時間都已經過了十幾分鐘了，妳現在才來跟我說？」

洪老師突然激動起來，讓謝老師整個傻眼，因為她從來……不，應該說學校裡的所有教職員都從來沒有見過洪老師這麼激動過。

「全班都不見了？」洪老師推開了謝老師叫道：「妳還那麼冷靜？」

洪老師彷彿在訓斥學生一樣，說完之後，丟下謝老師一個人就立刻衝了出去，轉眼間便消失在教師辦公室。

等謝老師回過神來的時候，全辦公室裡面的老師都是一臉狐疑地看著她，讓謝老師整個人理智都斷線了。

坐在洪老師對面的尤老師不解地問：「發生什麼事情啦？謝老師，怎麼洪老師那麼激動啊？」

「我怎麼知道！」尤老師的問題引爆了謝老師心中的那顆炸彈，謝老師轉過頭來對著尤老師斥道：「妳問我幹什麼！真是倒楣透了！遇到一堆瘋子！」

謝老師罵完之後，跺了跺腳，轉身也跟著洪老師一樣，快步離開辦公室。

她打算去向教務主任抱怨，順便請教官去看看到底是怎麼一回事，反正不管那些學生是生是死，要是最後害她被任何人責怪，她肯定會讓那些學生有一個痛苦的寒假跟下學期。

不像謝老師還在那邊想著自己會不會被責怪，洪老師衝出辦公室之後，三步併作兩步衝上了三樓，跑到普二甲教室一看，果真如謝老師所說的一樣，教室裡面空無一人。

上課到現在都已經快要二十分鐘了，不可能整班學生都消失得無影無蹤，除非是那個……

洪老師當然非常清楚，眼前很有可能是什麼樣的情況，可是真正讓洪老師不解的是為什麼。

對方是怎麼做到的？

洪老師非常不解，明明這陣子他都非常小心，這段時間也已經特別注意教室的安全了，每天放學回家之前，自己都會特別在教室門窗上設下一些小機關，然後每天上學時都會檢查那些機關，確定沒有任何人在放學後到教室裡面來搞鬼。

有那些小機關的話，只要有人在不對的時間進來，自己不可能會不知道，既然這樣的話，那又是為什麼？

看著空蕩蕩的教室，洪老師不解到了極點，明明自己已經猜到了這一步，最後卻還是眼睜睜看著對方得逞。

然而不管多麼不甘心，眼前的問題不是驚訝就可以解決的，這點洪老師非常清楚，尤其是隨著時間流逝，自己學生的性命越來越危險，他已經錯失太多時間了。

洪老師轉身離開教室，幾乎是用衝的衝出校園，時間對他來說，真的已經太不足了，他需要去停車場的車子裡拿一些道具。

而在他衝往停車場的途中，腦海裡面浮現的是當年「易經之禍」時，南派幾近毀滅的那場災難。

那時候，當頑固老高在頑固廟發現屍殼之後，便立刻將這件事情告訴當時的南派掌門，也就是頑固老高的師兄劉易經。

只是頑固老高不知道的是，那個屍殼根本就是劉易經墮入魔道時作法所使用的道具。

在那之後，南派的幾個弟子也莫名其妙失蹤了，接著就發生了那起毀滅性的事件。

劉易經在頑固廟裡面佈陣，然後將所有頑固廟裡的人，不分男女老少全部封於「滅」中。

滅是十二種靈體之中，唯一一種不以靈體為主的類別，就有如口訣中所述「滅乃鬼魅之集所」，就好像沼氣匯集之地所形成的沼澤一樣。

滅可大可小，小可壞家，大可毀村，因此才會以「滅」為名。

沒人知道劉易經對自己的師弟與徒弟們使用滅，到底是因為紙包不住火，還是本來就計劃準備開始行動，如今已經死無對證，不過那一次的滅，的確幾乎快要滅了整個南派，最後只有五個人倖免於難，其中三個人就是頑固老高父女倆以及阿畢。

而這也是「易經之禍」的第一場浩劫，在那之後，劉易經在鍾馗四個派系都用過滅，而且幾乎也都是差不多的結果，倖存者真的是少之又少。

有了劉易經的前車之鑑，阿吉也猜測到，對方如果真的跟劉易經一樣，是個墮入魔道的鍾馗派道士，那麼滅很有可能會是對方準備露出真面目的第一步。

這點阿吉已經料想到了，也預計對方如果想要進行這一步，一定得要進到教室裡面才有可能做得到，所以阿吉才會在這段時間裡面，特別注意教室的安全。

可是萬萬沒想到，對方竟然還是辦到了，這讓阿吉不解到了極點。

然而不管阿吉願不願意接受，此時此刻普二甲的所有學生都失蹤了是既定的事實，現在阿吉只祈禱一切都還不算太遲。

一想到這裡，阿吉更是加快了腳步，一路朝著停車場狂奔而去。

第3章・一絲希望

1

曉潔終於從一片混亂之中，慢慢整理好心情。

這是她第一次得要靠自己來判斷，到底眼前所面臨的問題是什麼，然而這並不容易。

不過班上的其他人可就沒那麼冷靜了，在得知自己可能宛如漂流教室般，漂流到異界，這群二八年華的女子高中生，表現出來的樣子比起漂流教室裡面的小學生沒有好到哪裡去。

一時之間知道了自己可能的處境之後，幾乎所有人都亂成一團，雖然沒有第一時間就痛哭失聲，但是大多數的人都紛紛離開教室。

整間教室的同學一批一批地離開，轉眼間只剩下不到十個人了。

在這片慌亂之中，曉潔與其他同學形成了強烈的對比，她開始靜下心來，回想當時阿吉在么洞八廟裡面跟她解說關於「滅」的事情。

就好像在談到「狂」時，會以「種子」為例，談到「滅」，則是會以「沼」為例。

「滅就好像沼澤一樣，」當時的阿吉是這麼說的：「裡面存在著鬼魂，並且有類似沼氣一樣的滅氣存在，被困於滅中的人，就好像困於沼澤的人一樣，不但會受到滅氣的影響，更會被裡面的鬼魂追殺。」

簡單來說，滅就好像是一種毀滅性武器一樣，嚴重的話會形成大規模的傷害，一次就可能讓一整村的人徹底失蹤，並且連屍體都找不到。

「滅會形成一種類似異空間的地方，」曉潔在心中回想著當時阿吉所說的話：「會讓一整個區域的人，都進入這樣的空間裡面，當然對正常世界的人來說，他們可能會像是憑空消失了，但實際上，他們都是被滅捲到那個空間之中。」

這就是為什麼馬路上跟整個校園裡都看不到其他人的原因，因為雖然看起來一切都跟平常沒什麼兩樣，但是雙方的空間並不相同，因此根本看不到對方。

「在滅之中，」腦海裡面的阿吉接著說：「不只有空間不同，就連時間也不一樣，這點要記得，因為這在處理滅的時候，時間有時候會有些不同的影響。」

想到這裡，曉潔看了一下手錶，雖然不太清楚實際上時間的落差會有多大，不過就手錶來看，手錶上面的時間看起來沒有受到影響，一秒的長度還是跟外面一樣。只是，現在手錶上的時間顯示是下午一點二十五分，但在外面很可能才剛開始下午一點十分的第一堂課而已，這也意味著目前外面可能還不太清楚裡面發生什麼事情。

曉潔心中盤算著，這一堂是脾氣暴躁的謝老師的課，她看到全班空蕩蕩的模樣，肯定會氣到跳腳，然後立刻跑去跟阿吉抱怨，這樣一來阿吉就會知道了。不過以謝老師一次比一次還要晚到教室的情況來看，等到阿吉知道的時候，說不定都已經過了二、三十分鐘了。

「滅中充斥著滅氣，」阿吉是這樣告訴曉潔的：「那種氣對人體很不好，據說一旦在滅之中待超過兩個小時，人的意識就會開始模糊，到了四個小時，大部分的人都會暈死過去。在這種地方暈死過去，幾乎就是與死無異，因為在滅的空間裡面，充斥著一些非常不妙的鬼魂，如果沒辦法保持清醒，並且躲開這些鬼魂的追擊，在滅之中很可能連一個小時都活不下來。」

現在最重要的，應該就是先想辦法活下來，如果是這樣的話……

「在十二種靈體裡面，」阿吉這麼告訴曉潔：「最奇特的一種應該就是滅了。想要在滅裡面生存，口訣是絕對需要的，因為滅之中的那些鬼魂，都會隨著時辰移動，因此時辰地支搭配方位，可以在滅之中，找到一個比較安全的地方。」

想到這裡，曉潔又看了一下手錶，此刻已經來到下午一點三十七分，也就是未時，以方位來說的話，教室剛好就在南南西方，所以還算安全。

隨著這些記憶浮現在腦海之中，曉潔也跟著逐漸冷靜下來，她非常清楚，如果想要在這種情況下生存下來，冷靜是絕對必要的條件。

理論上來說，她已經知道了關於滅的所有一切，所以只要自己不要驚慌，好好地回想兩個禮拜來的一切，一定有機會可以突破眼前的這個困境。

沒問題的！只要冷靜一點！我絕對可以帶著大家一起逃離這個鬼地方！

曉潔在心中幫自己加油打氣，然而才剛這麼想，曉潔就立刻想到了阿吉曾經說過的話。

「滅有沒有範圍呢？如果有的話，逃出滅的範圍會怎麼樣？」那時候曉潔對阿吉提出過這樣的疑問。

「理論上，」阿吉側著頭說：「應該是沒有範圍，雖然可能沒人真的做過實驗，可是真正能夠出來的地方，每段時辰都不一樣，只有固定的時間在固定的地點才可能逃得出來，所以妳就算逃得再遠也沒有用。加上滅裡面的空間，本來就是錯亂的，妳看起來好像照著自己的想法在移動，但實際上很可能只是在原地打轉而已。」

「嗯，」曉潔點了點頭問：「那麼為什麼你會加個理論上呢？」

「因為我從來沒有進到滅裡面去過，」阿吉聳了聳肩說：「所以我也不是很清楚裡面到底是什麼樣子。」

「啊？」曉潔一臉訝異：「可是你不是說你跟你師父一起解決過很多滅？」

「是啊，」阿吉點了點頭說：「但是進去的都是他，不是我啊。」

一想到這裡，原本那股「沒問題！我們一定可以度過難關！」的信心，又瞬間被澆了一大桶冷水。

畢竟就連阿吉自己也說了，他從來沒有進入到滅裡面，所以曉潔根本不確定自己光憑著腦海中的這些記憶，是不是真的可以幫助大家逃離這個地方。

事實上，阿吉的確沒有進入過滅，因為過去跟呂偉道長一起的時候，阿吉總是在滅之陣外，跳鍾馗以消滅氣、破滅陣，所以全部都是呂偉道長殺進去的。

連阿吉都沒有遇過，不免讓曉潔懷疑自己真的有辦法嗎？

「曉潔？」這時一旁又傳來了林俐喬不安的聲音：「我們是不是也該出去看看啊？」

聽到林俐喬的疑問，曉潔轉過臉來，看到的是林俐喬不安的神情，這時曉潔心中燃起了責任感。

如果現在連自己都這麼不安，那麼完全搞不清楚狀況的同學們，不是更可憐、更不安嗎？不行，自己一定要冷靜地帶著大家，對，一步一步來才行。

「不，」曉潔搖搖頭對林俐喬說：「我們應該要先想辦法存活下來，所以……」

沒錯，阿吉不可能會放任她們不管，這點曉潔非常有信心，所以現在最重要的就是先想辦法活下來，把同學們都聚集起來，然後想辦法活下去，等待阿吉的救援。

「我們應該先待在教室裡，然後把剛剛出去……」

一轉過頭看了教室內一眼，曉潔整張臉都被嚇白了，因為原本應該有三十幾人的班級，現在只剩下四、五個人，就連阿吉後援會的人都不見了。

「人呢？」曉潔看著幾乎可以用空蕩蕩來形容的教室叫道：「人都跑到哪裡去了？」

「都出去啦，」林俐喬有氣無力地說：「妳就一直發愣，不知道在想些什麼，連我都想要走了。」

曉潔愣了一下，然後搖著頭說：「不行，我們要快點，把那些……」

結果曉潔話還沒有講完，彷彿在回應她的決定似的，走廊上傳來一陣淒厲的尖叫聲。

「啊——」

在叫聲過後，突然「啪」的一聲，整間教室乃至於整條走廊與學校瞬間暗去，只剩下幾縷微弱的光線從戶外透過窗戶投射進來，勉強讓眾人保持著模糊的視線。

只是，這些從窗外所投射進來的光線，不是白色的陽光也不是橘黃的夕陽，而是宛如染過血般，紅色的駭人光芒。

2

洪老師斜揹著一個側背包，兩手還各提著一個袋子，一路從停車場奔回學校。

雖然已經準備好了，但是連洪老師都沒有想到，對方竟然真的會用滅，因此這些大包小包的東西，一直都放在阿吉的跑車上，沒有拿到學校裡。

當然一方面是因為裡面有太多東西，被其他人看到的話，洪老師會很難解釋，另外一方面，也是因為洪老師一直都認為這些東西，應該是不會用到，帶在車上只是一種防患於未然。

今天發生的事情，已經完全震撼到洪老師了。

洪老師非常清楚，滅是十二種靈體之中，最多人為形成的一種。

雖然同樣有自然形成的，不過情況遠比人為的還要少，在經歷了這一學期的種種災難之後，洪老師非常難相信這會是場天然的滅災。

問題就在於，人為是如何做到的？

雖然要佈下滅陣有幾種不同的方法，其中也有需要的時間不長的，可是不管哪一種方法，都要親臨現場，不可能隔空作法。

這也正是為什麼洪老師會特別注意教室安全的原因，雖然設下的那些小機關，不能防止對方侵入，但是至少在對方侵入時，洪老師不可能會渾然不覺。

而且，這點洪老師做得非常徹底，幾乎是從學期開始沒多久之後，就一直在監控教室的環境，加上洪老師引以自豪的觀察力，應該不可能會發生這樣的事情才對。

然而這卻是鐵一般的事實，因此，這件事情對洪老師打擊非常之大。

雖然過去不管對方對自己的學生做了多少事情，至少洪老師都一直覺得自己是應付得來的，這點對洪老師來說非常重要。

可是這一次，洪老師卻有種對方已經遠遠非自己可以應付。

就在洪老師急忙提著大包小包，朝著學校奔去的時候，放在口袋的手機突然響了起來。

洪老師挪出一隻手將手機拿出來，看了看螢幕，來電的是一個讓他有點訝異的人。

洪老師接起電話，電話的那一頭傳來熟悉的聲音。

「阿吉嗎？」

「阿畢？」阿吉皺起了眉頭說：「現在時機不是很好。」

「啊，抱歉，你在上課嗎？」

「沒有，不過我現在也的確不方便講電話，什麼事嗎？」

「喔，沒什麼，我本來想要問你，最近跟我們家的那個小公主，是不是吵架了。不過既然你在忙，那我晚點再跟你聊好了。」

這邊阿畢所說的小公主不是別人，正是南派掌門頑固老高的女兒，高梓蓉。

而阿畢所說的事情，阿吉心裡也有數，畢竟前陣子高梓蓉才特地北上來跟阿吉爭論，內容當然就是關於高梓蓉發現了呂偉道長有留下口訣的事情，兩人也因此有了一點摩擦。

然而這絕對不是三言兩語就可以說清楚的，關於口訣的事情，阿吉也不太能夠暢所欲言。當然阿吉也知道，阿畢之所以打電話過來問，就是因為高梓蓉沒有把事情告訴他，這點阿吉對高梓蓉還算有信心。

高梓蓉非常清楚這件事情的嚴重性，不然也不會特別北上找阿吉討論，甚至到了快要吵起來的地步。

「抱歉，」阿吉對阿畢說：「我的學生入滅了，我現在沒什麼時間講話。」

「啊？」阿畢的聲音充滿訝異：「入滅了？這不會也太嚴重了？我記得你們班前陣子不是惹饑又中煞？現在怎麼又入滅了？你們班上到底發生什麼事情了？」

「這個我也很難回答，」阿吉一邊講電話，但是腳下的步伐可沒有半點慢下來，轉眼間學校已經在眼前了：「好了，我要進學校了，回頭再跟你說，掰。」

沒等到阿畢回應，阿吉匆匆的掛上電話，然後低著頭跑進學校。

一進到學校之後，洪老師當然馬不停蹄地直奔三樓，回到普二甲的教室。

只是讓洪老師意外的是，此時普二甲的教室外聚集了一堆人，除了謝老師和一些這一堂沒課的老師之外，還有幾個教官跟教務主任等學校高層的人員到場。

想不到謝老師竟然第一時間就已經通知了那麼多人，這女人還真的不是普通的麻煩。

看到教室門外的這陣仗，洪老師想起了呂偉道長曾經說過的話。

「一個人是好是壞，不是取決於那個人的本性，而是選擇。」

洪老師非常清楚，這將是他人生最重要的選擇之一。

如果現在不顧一切，自己的教職很可能就這樣飛了，過去塑造的一切與努力，都將付諸於流水。

不過洪老師也知道，自己根本不可能選擇另外一條路，因此他伸出手，緩緩地拿下臉上那厚重的黑框眼鏡。

腦海裡面，呂偉師父最常掛在嘴邊的那句話，又在耳邊響起。

「義無反顧。」

再見了！我青春最美的夢！我人生唯一的夢！

在心中跟自己人生唯一的目標，也是一心期盼的夢想告別之後，洪老師快步朝教室走去，只是此刻他的臉上，已經不再是那總是眼神渙散、一臉頹廢，對凡事都畏縮閃避的洪老師，取而代之的是一雙執著銳利的眼神。

此刻的洪老師，只不過是戴了一頂假髮的阿吉。

聚集在門口的老師與教官們，看到洪老師來了，立刻沉著臉圍住了他。

「洪老師，這到底是怎麼回事？」

「你們班的學生到底都到哪裡去了？」

「你剛剛去哪裡了？」

眾人七嘴八舌地問了洪老師一堆問題，但是沒有任何問題是洪老師有辦法正面回答的。

不過，打從洪老師拿下眼鏡開始，他就沒打算回答任何問題，洪老師突然用力攤開雙手，阻止這些無法回答的問題繼續從他們的口中冒出來。

「各位，」洪老師低著頭對眾人說：「不好意思，但是這裡可不可以交給我，請你們先不要問那麼多，至於責任，我願意全部扛起。」

聽到洪老師這麼說，其他人都沒有回應，反而是互相你看看我、我看看你，唯獨謝老師一個人，對洪老師的答覆非常不滿意。

「當然不行，」謝老師瞪大雙眼說：「你先跟我說清楚，你們班的學生到底到哪裡去了？」

「如果我現在花時間在這邊跟妳說明，」洪老師一反常態地瞪著謝老師說：「導致學生有任何意外的話，謝老師妳要負責嗎？」

「你……」面對可以稱得上是丕變的洪老師，謝老師顯得有點不知所措，那股平常對待學生或者是內向老師的囂張氣焰，頓時消了不少，這種情況看在其他老師與教官眼裡，不免覺得有點好笑。

「如果沒搞錯的話，」洪老師繼續說：「學生是在妳的課堂上全體失蹤的，而且妳還是在上課過了將近二十分鐘之後才告訴我，現在我願意一肩幫妳扛起這個責任，妳意見還那麼多，是覺得讓大家把妳送上教評會比較好嗎？」

謝老師聽了漲紅著臉，完全沒辦法辯駁，但也實在是拉不下這個臉，只能站在原地氣得發抖，卻沒能開口反駁。

「那麼，」洪老師由左而右地掃視過眾人說：「現在我希望你們可以離開這裡，讓我可以好好進去教室裡面處理一下，我說了，責任由我一個人扛，但是你們絕對不能闖進來，否則後果我絕不負責。」

因為時間真的很寶貴，洪老師也不管在場還有沒有人有意見，說完就獨自走進了教室。

走進教室之後，洪老師第一件事情，就是先把前後門都關上，並且從袋子裡面拿出了自己帶來的兩個鎖，將前後門都給鎖了起來，以免教室本身的門鎖還是會被人用鑰匙打開。

接著洪老師還把窗戶關緊鎖起來，並且從袋子裡面拿出一張又一張的報紙與膠帶，把教室整間封起來。

看到洪老師這樣脫軌的舉動，待在教室外面的眾人，除了面面相覷之外，一時之間倒是沒有人有任何動作。

把教室封起來之後，洪老師立刻開始動作，畢竟就滅來說，內外時間不同步，經過了這麼久的折騰，裡面的學生恐怕已經……

不過洪老師管不了那麼多了，對他來說，也只能盡人事了，除此之外，他所能做的就是加快自己的速度。

雖然情況非常糟糕，但是對洪老師來說，不至於完全沒有希望，事實上，當發生這起事件之後，洪老師第一個想到的希望，就是也被捲入其中的曉潔。

現在對洪老師來說，曉潔就是他的希望之光。

不過他必須把握時間，不然就算是希望之光，這樣拖下去也會熄滅。

洪老師非常清楚在沒有任何準備的情況下入滅，幾乎可以說是沒有什麼機會可以靠著自己的力量從裡面出來，所以如果洪老師不做點什麼就貿然進去的話，絕對沒辦法幫助那些學生脫困。

可是，在一切開始之前，他還是需要知道對方到底是如何在教室裡面佈下滅陣，讓全部的學生都失蹤的。

畢竟這不僅僅關係到滅的種類，更關係到自己到底該如何反制，將那些困在其中的學生救出來。

洪老師愣愣地看著地板，然後開始把桌子朝旁邊搬開。

教室外面，站著一排老師，隔著被阿吉封起來的窗戶，聽到教室裡面傳來吵雜的聲響，卻只能眼睜睜地看著，不發一語地等著。

因為就連他們此刻也不知道，那個平常待人和善的洪老師，現在到底在搞些什麼。

雖然心中有百般疑惑，但是所有人卻都只是站在原地，似乎都在等著別人先行動。

這就好像是一場耐心與決心的對決，最後是負責輔導普二甲的魏教官比較難以忍受，向前站了一步說道：「不行！我要進去看看情況，我有這個責任！」

魏教官，別激動，我們先給洪老師一點時間看看吧？

原本魏教官內心還冀望有其他同僚會說出這樣的話，讓自己有點台階下，誰知道一回頭，所有人都是一臉期待，教務主任甚至用下巴比了比門把，鼓勵他行動，讓他立刻了解到什麼叫做人情冷暖。

無奈至極的魏教官，此時也只能走到門前，轉了轉門把，雖然可以轉動，但門卻打不開，很明顯是被洪老師堵住，或是用其他鎖鎖上了。

魏教官只好用力敲了敲門之後，對著門內說：「洪老師，請你開門，這件事情不應該由你一個人處理，快點開門。」

等了一會之後，裡面的洪老師仍然沒有半點反應，騎虎難下的魏教官，看了看其他人。眼看其他人還是沒有要幫忙的意思，魏教官只好苦著一張臉，繼續對著門內叫道：「洪老師，拜託請你開門，如果你再不開門的話，我就只能硬闖了。」

教室裡面仍然沒有半點動靜。

既然洪老師執意不肯開門，魏教官也沒有辦法，只能看是要撞門還是撞玻璃，硬闖進去了。

魏教官向後退了兩步，深呼吸一口氣，然後對準了門，正要衝過去，身後突然傳來一個聲音，阻止了他的行動。

「等一下。」

這聲音讓所有人紛紛轉過頭去，然後每個人一看都同時沉下了臉。

因為來的人正是他們諸位的共同上司，也就是私立J女中實質上的最高領導人，楊董事長。

剛剛出聲阻止教官撞門的人，正是楊董事長。

楊董事長一臉嚴肅地朝眾人走過來，這時眾人才發現到，董事長的身後，除了有校長之外，還跟著一個大家從來沒有見過的年輕男子。

3

失去了光亮，也等於失去了希望。

光明驟失之後，取而代之的是那令人毛骨悚然的紅光，讓教室裡面僅剩的幾個人嚇到尖叫聲四起，並且全部的人瞬間都擠在一起。

就連在這些人之中，經歷過最多，膽量相對起來也比較大的曉潔，也因為這突如其來的紅光，以及同學們駭人的尖叫聲，嚇到跳起來抱著一旁的副班長林俐喬。

這是什麼情況？口訣裡面沒說光線會改變啊！

心裡才剛這麼想，曉潔旋即又想到阿吉說過的話。

「聽我師父說啦，」阿吉一臉無所謂的模樣也跟著浮現在曉潔的腦海之中：「在滅裡面有很多出乎意料之外的情況，正所謂『一滅一相』，每個形成的滅，呈現出來的面相都不一樣，這些都是口訣裡面所沒有的，一切都得憑經驗去判斷。」

當然曉潔非常清楚，阿吉之所以會這麼說，主要就是因為阿吉自己也沒入過滅，因此才會稀鬆平常地說出那樣的話。

而所謂的一滅一相，其實就是說即便是同種類的滅，在發生的時候，裡面實際上所產生的變化與情況，都完全不一樣。因此即便是入滅的老手，也很有可能因為這些不同，最後命喪於滅中。

除此之外，滅在十二種類的靈體之中，排行僅次於「逆」有一個非常重要的原因，就是一旦在沒有任何準備的情況入滅，可以說是完全沒有辦法自力脫困。

不管法力多麼高強的道士，也沒有辦法自行脫困。

這就是滅會被列在最高階的原因。

一旦在沒有準備的情況入滅，唯一能做的，就只有想辦法拚命存活下來，並且等待救援，但這又是另外一個困難的地方。

由於內外的時間不同步，因此被困於滅中的人，往往需要等待更長的時間，才能夠得到外界的救援。

而且因為入滅的時候，不會留下任何的痕跡，一般來說，除非有特別的情況，不然被發現的機率非常低。

對此曉潔覺得非常慶幸，畢竟她們的確算是特別的情況，有個正在警戒狀態的洪老師，相信他很快就會知道這是什麼情況，並且立刻開始準備救援。

因此，曉潔的目標也非常明確。

她必須要在這段時間裡面，盡可能確保所有人的安全，然後避開一切危險，等待著阿吉的到來。

而要做到這一點，當務之急當然就是先穩定住眼前這些留在教室裡面的同學。

「大家冷靜一點，」曉潔出聲讓大家安靜下來：「先聽我說。」

教室裡面原本抱在一起的同學，這時紛紛轉向曉潔這邊。

雖然曉潔絕對可以跟其他人一樣，裝成搞不清楚狀況的受害者來迴避一些不必要的問題，然而有鑑於等等可能會遇上的各種情況，曉潔還是決定開誠布公，越早了解一些情況，對現況可能會越好，生存下來的機率也會越高。

「首先，」曉潔對著大家說：「我並不是完全不知道我們現在的情況，但是現在我也沒有辦法一一解釋給妳們聽，關於妳們心中的疑惑，在路上如果有機會的話，我會慢慢跟妳們解釋。我現在只能拜託妳們相信我、緊跟著我，我一定會盡我的全力帶妳們離開這個地方。」

所有被嚇壞的同學，都有點眼神呆滯地看著曉潔，曉潔每說一句，眾人便不約而同地點了一下頭，這看在曉潔的眼裡，實在有點心疼。

不管是誰，讓這樣無辜的同學們入滅，都太過分了。

曉潔不免在心中咒罵了一下那個幕後黑手。

「妳們先等我準備一下，」曉潔說：「我們等等要離開教室，不用帶書包，不過如果妳們有任何可以防身的東西，都可以帶在身上。」

雖然就目前而言，教室算是安全的地方，但是曉潔不能只固守於教室之中。畢竟滅會隨著時間改變情況，所以如果只是固守在教室，遲早也會遇害。

另外還有那些逃出去的同學，曉潔也不能置之不理，尤其是現在正處於危險方位的同學，曉潔必須優先救出那些人才行。

曉潔突然想到，此刻就好像身為學生的她平常最容易遇到的模式一樣，一學完某一階段的課程，然後就立刻進行測驗。

一想到這裡，曉潔不禁苦笑了出來，旁邊的林俐喬見了，問曉潔在笑什麼，曉潔也把自己此刻的心境告訴她。

「因為我才剛學過這種情況，」曉潔苦笑著說：「結果就立刻遇到了，這種感覺簡直就像是在期末考一樣。」

「現在這種情況？」一旁已經哭得死去活來的同學，聽到之後抽噎地問：「妳是去哪裡學的？」

被這麼一問，曉潔頓時啞口無言，因為曉潔突然想到，阿吉有交代過，她在么洞八廟那兩個多禮拜的事情，絕對不能讓任何人知道，尤其是學習口訣的事情，更是絕對的機密，不管對誰都不准透露。

如果要說這兩個禮拜，曉潔看法改變最多的地方，就是對阿吉的感覺。

原本在曉潔心中，阿吉與洪老師之間一直有一道隔閡，一個是學校不得不尊敬的老師，另外一個卻是完全沒有老師的模樣，反而比較像是痞子。

但是在經過了這兩個多禮拜之後，兩人之間的那道隔閡已經完全消失，現在阿吉的形象甚至已經遠遠超過了洪老師，因此就算曉潔認為這些事情說出來也沒啥大不了的，可是既然阿吉已經交代過，曉潔就不打算違背。

然而自己在無意之間說出來的感受，被同學這樣反問，還真讓曉潔不知道該怎麼回答。

「就是……」曉潔結巴地說：「在一個……類似……教神秘學的補習班學到的。」

「真不愧是曉潔，」另一個同學不疑有他地說：「連補習的科目都跟人家不一樣。」

聽到同學這樣講，連曉潔都不知道該哭還是該笑。

雖然蒙混過關了，但現在的情況還是沒有改變，最重要的就是要先想辦法穩定眼前的這些同學，然後盡快去比較危險的地方，救出在那邊的同學再說。

可是，這又關係到了一個很嚴重的問題。

雖然曉潔對同學們說得很有自信，要大家相信自己，然而，就算要曉潔考試，也要給她筆。

問題就在於，現在就連曉潔也沒有把握，那些她可以用來「應考」的東西會不會在。

就好像巧婦難為無米之炊，如果沒有半點法器，就算是阿吉進來，恐怕也只能束手就擒，任憑宰割。

曉潔走回自己的位置，將手伸入書包裡。

今天剛好是曉潔要離開么洞八廟，準備回家的日子，沒有想到回程行李會變多的曉潔，只好將一部分的東西裝進了書包裡。

沒意外的話，裡面應該會有一些法器……

曉潔將手伸入書包，她不知道在這樣落入滅的過程之中，書包裡面的東西，會不會也一起進到這個世界。

一直到手指傳來那熟悉的觸感，曉潔才鬆了一口氣。

至少，她不算是手無寸鐵了，這是進入滅的世界之後，第一件會讓曉潔覺得樂觀的事情。

4

賴湘芝唯一值得慶幸的事情，大概就是剛剛在午休即將結束之際，自己先去上過廁所了。

因為如果不是這樣的話，歷經了這一切的她，現在恐怕已經嚇到屁滾尿流。

在上廁所的時候，賴湘芝就一直聽到外面傳來奇怪的聲音，雖然一度非常猶豫要不要打開門，但最後還是選擇開門探個究竟。

賴湘芝深呼吸一口氣，然後緩緩地打開了門，廁所外面，仍然是那片有點昏黃的白色廁所牆壁，只是有一張臉，就浮現在正前方的牆壁上，並且白著眼看著這個才剛上完廁所的女同學。

賴湘芝愣在原地，過了一會之後，才張大了嘴，發出她人生中最淒厲的尖叫聲。

賴湘芝也不知道自己叫了多久，只知道下一件事情，就是連滾帶爬地逃出廁所。本來想要回教室去，把剛剛見到的這個恐怖的景象告訴其他人，誰知道才剛跑到廁所旁邊的普二丙教室，就遇到了剛從教室出來的同班同學蘇英瑄。

「芝芝！」賴湘芝都還沒開口，蘇英瑄就先叫住了她，並且指著旁邊的教室說：「妳看，好奇怪喔，乙班跟丙班都沒人耶。」

驚魂未定的賴湘芝轉過頭去，愣愣地看著普二丙的教室，果真如蘇英瑄所說的一樣，整間教室一片空蕩蕩，沒有任何學生。

午睡時間才剛結束，教室裡面通常都會充滿還在睡覺或者是剛睡醒的學生，可是普二丙卻連一個學生都沒有，不過這跟剛剛廁所裡面浮現的那張恐怖臉孔比起來，還算是可以接受的情況。

眼看賴湘芝只是愣愣地看著普二丙教室，蘇英瑄眨了眨眼之後，也沒多理會賴湘芝，從她身邊走過，朝著廁所而去。

「等等！」等到蘇英瑄與自己擦身而過，賴湘芝才回過神來，轉頭叫住蘇英瑄：「妳、妳要去哪裡？」

「廁所啊。」蘇英瑄瞪大著眼，理所當然地說。

賴湘芝聽了立刻抓住蘇英瑄的衣袖，搖了搖頭之後，手指微顫地指著廁所說：「不、不要。」

「啊？不要什麼？上廁所？」

賴湘芝點了點頭，然後吞吞吐吐了半天，只說了三個字：「……有顆頭。」

氣氛隨著賴湘芝的這三個字，瞬間降到了冰點。

蘇英瑄嘴巴緩緩地張大，然後吐出了一口氣發出「啊？」的疑惑，但是賴湘芝這邊只是猛點著頭。

「妳沒事吧？睡昏頭了喔？」蘇英瑄歪著嘴說：「什麼有顆頭？妳知道自己在說什麼嗎？」

賴湘芝先是搖搖頭，然後又點了點頭，但就是無法清楚表達自己想說的話。

尿意已經累積到極點的蘇英瑄，很快就失去了跟賴湘芝在這邊耗的耐心。

「不管妳了，」蘇英瑄甩開了賴湘芝的手，轉身朝廁所去：「我是真的很急。」

蘇英瑄說完，以小跑步的方式跑進了廁所，賴湘芝來不及阻止，只能眼睜睜地看著蘇英瑄進去，自己根本不敢追過去，只好在原地靜靜地等著。

廁所裡面鴉雀無聲，聽不到半點聲音，反而是遠在兩個教室外的自己班上，似乎有點騷動。

賴湘芝站在廁所外面猶豫著，自己是不是應該進去看看情況，萬一蘇英瑄有什麼意外的話……

可是，自己進去的話又能怎樣？

在經過了一番掙扎之後，賴湘芝決定就算不進去廁所裡面，至少也在門外稍微看一下裡面的情況。

而就在賴湘芝躡手躡腳，來到了廁所門邊，小心翼翼地將頭緩緩探到廁所裡的時候，突然一隻手從後面伸過來，一把抓住了賴湘芝的肩膀。

「嗚啊！」賴湘芝嚇到叫了出來，整個人也跟著腿軟，跪倒在地上。

「芝芝？」身後傳來一個熟悉的聲音說：「妳幹嘛在廁所前面鬼鬼祟祟的？碰一下就整個人軟倒是怎樣？」

賴湘芝猛一回頭，只見抓住她肩膀以及說話的兩個人都是自己的同學，欲哭無淚的表情全部寫在臉上。

「妳們不知道人嚇人會嚇死人嗎？」

賴湘芝在兩個同學的攙扶之下，好不容易站了起來，誰知道從後面廁所又突然跳出來一個人影問道：「妳們在幹嘛？」

才剛起身的賴湘芝又被這一叫嚇到再度腿軟，只是這一次連帶兩個攙扶她的同學也跟著被拖下水了。

那個跳出來的人影不是別人，正是剛剛去廁所的蘇英瑄。

賴湘芝真的是被嚇出了一把鼻涕、一把眼淚，三人好不容易站起來之後，兩個剛從教室出來的同學便將關於不只有學校裡的人消失，就連路上的人車也都不見了的事情告訴蘇英瑄與賴湘芝。

「那妳們現在要去哪裡？」蘇英瑄問兩人。

「當然是先去辦公室看看啊，」其中一個同學說：「這種事情不是應該先找老師嗎？」

聽到對方這麼說，蘇英瑄點了點頭：「那我跟妳們一起去。芝芝妳要不要先回教室休息啊？剛剛就看妳一直魂不守舍的，妳是被嚇壞了嗎？」

賴湘芝真的是點頭也不是，搖頭也不是。

不過有一點賴湘芝非常確定，那就是她不想要再落單了，在經過了這一連串的驚嚇之後，現在她的膽就好像破了個洞一樣，只要有一點點風吹草動都可以嚇到她屁滾尿流。

就在賴湘芝還有點舉棋不定的時候，從普二甲的教室裡又跑來了幾個由康樂股長阮侑淳領軍的同學。一問之下，才知道大家的目的都是一樣的——到辦公室去找老師。

終究還是學生，一旦發生了事情，即便她們從來不認為老師可靠，但最先想到的還是去找老師。

在一群人的簇擁之下，賴湘芝也決定跟著其他人一起往辦公室跑。

沿路經過了教室、走廊、樓梯，全部都是空無一人，彷彿整個學校就只剩下她們班的人一樣，這讓大夥越跑心裡也越怕。

就這樣一路全部跑到了辦公室前，大夥二話不說，立刻衝進辦公室裡面，結果辦公室也跟其他教室一樣，全部都是空蕩蕩的一片。

「這到底是怎麼回事？」

「難道真的跟佳容說的一樣，是什麼……漂流教室嗎？」

一群人七嘴八舌地討論，其中有幾個膽子比較小的女生已經忍不住哭了出來。

不管是誰的手機都收不到訊號的情況之下，只好寄望市內電話，可是一連拿起辦公室裡的幾支電話，聽筒都完全沒有聲音，就連電話不通的「嘟」聲都沒有，電話線有接跟沒接一樣。

雖然整間辦公室裡空無一人，但是卻到處可見不久之前還有人在這裡的痕跡，例如：攤開來看到一半的書、改到一半的考卷跟沒有收的紅筆，還有擱在桌上用來輔助睡眠的小枕頭等等。

「那現在該怎麼辦？」其中一個同學提出了在場所有人心中的疑問。

「對了，教官！」在經過一小段沉默之後，向來也算是有領導風範的阮侑淳大聲叫道：「去教官室！」

這個提議立刻得到其他人的認同，然後一群人又跟著一股腦地跑到辦公室外。

就在眾人都跑出辦公室之後，才跑沒兩步，最前面帶頭的阮侑淳突然停了下來，攤開手阻止大家繼續向前跑。

「等等！」阮侑淳阻止眾人。

所有人都停下來看著她。

「我們剛剛有幾個人進去辦公室?」阮侑淳問。

「誰知道啊!」其中一個同學因為心生恐懼,情緒反應也變得激動起來。

「我沒有點過……不過,」蘇英瑄一邊回想,一邊數著手指說:「好像有八個人吧?」

聽到蘇英瑄這麼說,賴湘芝看了看在場的人,連同自己在內只有五個人。

「另外三個人呢?」阮侑淳問。

在場每個人都是一臉茫然,聳了聳肩表示不知道。

「她們不會還留在辦公室裡吧?」蘇英瑄邊說邊轉身,又朝辦公室裡面跑去,另外一個同學也跟在她後面,一起折回辦公室。

賴湘芝便與阮侑淳等人一起待在外面,等了一會,都沒看到蘇英瑄和其他人出來,三人默默地互看了一眼。

辦公室的門口就在賴湘芝旁邊不到三步的距離,賴湘芝走到門口,雖然有點害怕,但還是朝裡面看了一眼。

辦公室裡面空無一人。

「她們……她們都不見了。」

賴湘芝的聲音有點顫抖,但是身後的另外兩個人都沒有半點回應。

等不到回應,賴湘芝猛一回頭,走廊上卻是空無一人。

轉眼之間，一行人只剩下賴湘芝一個人站在辦公室的門前。

賴湘芝被這情況嚇到不知所措，到底該進去辦公室裡面找人還是拔腿逃跑，完全拿不定主意。

就在不停想著這些人到底跑到哪裡去了的時候，賴湘芝想起了在廁所的時候，打開隔間門時見到的那張臉。

該不會……

一個恐怖的想法，浮現在賴湘芝的心頭。

賴湘芝猛一轉身，看著牆壁，牆壁上面空無一物，沒有看到那個浮現在牆壁上的怪物。

她們該不會就是被那牆上的怪物給抓走的吧？

就在賴湘芝這麼想的同時，眼角餘光看到了兩隻手，從上而下伸過來，包圍著自己的頭。

不需要時間去反應，賴湘芝立刻就知道這一雙手是從哪裡伸過來的，猛一仰頭，果然看到了一張恐怖的臉孔，不，這已經不單單只有臉孔了，而是一整個渾身發綠的人，從天花板伸出個上半身出來，並且伸長著手，包圍著自己的頭。

張大了嘴想要尖叫的賴湘芝，還來不及發出聲音，整張臉就被那兩隻手給抓住，接著那怪物向內一縮，賴湘芝整個人也連帶著一起被拖入牆壁內。

就在賴湘芝被拖入的那一瞬間，啪的一聲，學校裡的所有光線全部同時熄滅，就連天空原本照射下來的陽光，也瞬間變成了一片血紅，讓整個校園看起來就好像靈堂一樣，驚悚駭人。

第4章・絕地求生

1

曉潔深呼吸一口氣之後，率先走出教室，後面跟著幾個一直都留在教室裡面的同學。走廊上一片寧靜，在紅色的燈光下，感覺就好像一條直通地獄的迴廊。

其中一個同學，將自己因為幾乎每天都補習到很晚而隨身帶在書包的手電筒，交給了帶頭的曉潔當照明，其他人則用完全沒有訊號的手機，充當手電筒。

因為書包裡裝有一些法器與道具，曉潔索性揹著書包行動，而在出發的時候，曉潔因為要大家把可以防身的東西帶著，所以現在每個人的手上除了照明用的手機之外，也各自拿了一個東西來充當防身之用，只是看到那些東西，曉潔有種哭笑不得的感覺。

在這些防身用品之中，唯一可能有點用的是一把美工刀，其他同學有人拿掃把，也有人拿鐵尺，最讓曉潔無言的應該就是另外兩個同學的武器，防狼噴霧劑跟針線包。

原本曉潔還想要叫那兩個同學別帶了，但是想到手上握有一點防身的東西，可能會讓她們膽子大一點，因此便沒有多說什麼了。

眾人一個接著一個，宛如一條蛇般，緩緩地爬出教室這個巢洞，最前頭的當然就是曉潔，其他人則緊緊抓著前一個人的衣襬，盡可能地靠在一起慢慢往前走。

曉潔的記憶力很好，幾乎可以說是到了過目不忘的地步，可是，滅的口訣對曉潔來說，還是有點難記。

當然主要的原因就是，在滅的口訣之中，有非常多的東西都是用天干地支來記載。除了原始的口訣之外，曉潔還得要多記一些轉換成現在說法的「翻譯」，而且在滅的裡世界，有很多是混雜著兩種不同口訣的情況。

這真的讓曉潔一個頭兩個大，因為光是滅的部分，她就花了比其他靈體還要多一倍的時間去記憶。

只是如果曉潔當時就知道自己很有可能入滅，那麼就算要她再多花一倍的時間，她都願意把它背到滾瓜爛熟。

偏偏千金難買早知道，現在面對這恐怖的環境，曉潔也只能盡可能在心中反覆回憶那些口訣，並且試圖「學以致用」。

滅如迷宮，每個方位都會有不同的危難，如果像無頭蒼蠅一樣，那麼就算關關難過關關過，也總會有失足的一天。

所以在滅之中，最重要的是不要迷失方向，這並不算太難，因為滅的地形往往都是熟悉的地方，但問題就在於空間的錯亂以及慌亂的心情。

就像口訣開頭所說的一樣，「千靈俱消，萬物均變。」

千靈是指生靈，也就是活人，換言之就是曉潔她們，俱消則是對外面的世界來說，這些生靈全部都消失了。

而萬物均變，則是指在滅之中，所有熟悉的東西都不再相同，並且隨著時間越來越久，變化也越來越大。

因此面對滅，第一要件就是冷於外、靜於心。意思就是不管是行為還是內心，都需要保持冷靜，這是在滅之中生存下來最重要的一點。

不過眾人才剛通過普二乙與普二丙的教室，立刻就看到那幾張在牆壁邊浮現出來的恐怖臉孔。

這突如其來的臉孔，讓後面的所有女生全部都嚇成一團，尖叫聲此起彼落。

但是曉潔卻只看了一眼，便知道眼前的這些臉是怎麼回事了。

「那叫做魍，」等到大家的尖叫聲告一段落，曉潔淡淡地說：「但是現在這裡不是它們活動的地方。初滅之際，四鬼乍現，這種現象就叫做初滅。」

曉潔說得頭頭是道，但後面的同學卻是聽得一臉茫然。

「簡單來說，」曉潔解釋：「現在的它們沒有什麼傷害，不用管它，不過等等到了教師辦公室，如果遇到它們的話，那就很有威脅了。我們繼續走吧。」

曉潔說完之後，帶著同學們往廁所方向繼續前進，原本在過了廁所之後，就是可以通往樓上與樓下的樓梯間，但是當眾人穿過廁所之後，全都愣住了。

「樓梯……樓梯不見了！」站在曉潔後面的林俐喬用顫抖的聲音說。

「滅氣對人體有害。」阿吉的聲音在曉潔的腦海之中響起：「在滅之中有四種鬼魂，但是被鬼魂殺害的人數，恐怕還遠遠不及因為滅氣而喪命的人。滅氣除了會讓人喪命之外，最糟糕的地方是會讓人產生幻覺。滅通常都是以當地的地形為基礎，但是偏偏壞就壞在一些不一樣的變化，例如原本可以通行的道路，卻突然變成一堵牆，或者是原本沒有洞的地方，突然出現一個深不見底的洞，不然就是原本應該可以通往某個地方的通道，卻完全通向了不一樣的地方。類似這樣的變化在滅裡面屢見不鮮，尤其是待在滅裡面越久，這種環境的變化就越大。很多人就是在這樣的環境變化之中，誤踩陷阱，不是摔死就是被困在完全沒有辦法動彈的空間裡面……。」

想起阿吉曾經說過的話，讓曉潔看著眼前這堵牆，沉吟了一會之後說：「不，樓梯應該還在。」

曉潔才剛這麼說，立刻就有同學指著女兒牆的方向說：「在那邊！樓梯變到那邊了。」

曉潔跟著那同學指的方向看過去，果然看到原本應該是女兒牆的位置，竟然有個往下的樓梯。

看著原本應該有樓梯的地方卻變成了一堵牆，而原本應該是一堵圍牆的地方，竟然有道通往樓下的樓梯，曉潔有點猶豫了。

不過當曉潔看著投射下紅光的天空，她知道自己該怎麼走了。

就像眼前這些不真實的紅光一樣，在紅光出現的時候，就表示眼前的一切，恐怕都不太能夠相信，然而環境的改變，應該還需要一點時間，所以樓梯應該還是在原來的地方，女兒牆那邊的是個陷阱。

「跟我來。」

決定好方向之後，曉潔帶著大家走到了被牆壁封死的樓梯前，深呼吸一口氣之後，將手伸向牆壁，果然如曉潔所料，牆壁是個幻影，手幾乎沒有感覺到任何東西就穿透了牆壁。

確定了牆壁只是個幻影之後，曉潔不再猶豫，帶著大夥一起穿過了牆壁，頭才剛越過牆壁就看見後面果然有樓梯，於是曉潔便帶著大夥，一路朝二樓而去。

在出發之前，曉潔就已經設定好了目標，她算過方位與時辰，知道在這段時間裡，有幾個地方會比較危險，不過考慮到那些跑出去的同學最有可能去的地方，一個目的地立刻浮現在曉潔心中——教師辦公室。

以現在的時辰來說，教師辦公室的地點非常不好，而那裡又剛好是很多同學最有可能第一個跑去的地方。

因此曉潔決定先去教師辦公室，先把很可能到那邊去的同學救出來再說。

眾人順利地走到二樓，雖然途中後面的同學還是會被那些不時從角落浮現出來的人臉嚇得花容失色，但是整體來說還算順利。

不過曉潔原本還希望在這條前往辦公室的路上，可以多遇到一點同學，但是一路走到辦公室外面，陪伴眾人的依舊只有天上那詭譎的紅光與牆壁上不時浮現的鬼臉，甚至到後來連鬼臉都不見了。

曉潔在與教師辦公室相隔了兩個處室的總務處外面停了下來，並且揮揮手要大家蹲下。

等大家都蹲好之後，曉潔靠過去輕聲跟大家說：「妳們就先待在這裡，不要亂動，我過去看看有沒有我們班上的人。」

曉潔說完之後，從書包中拿出一包硃砂粉，然後在眾人周圍的地板撒了一個圈。

「不管發生什麼事情，」曉潔說：「絕對不要離開這個圈圈，大家抱緊一點，就好像抱自己的男朋友一樣。」

曉潔會這樣說，主要就是因為眾人的臉上盡是驚恐的表情，為了緩和大家的情緒，所以才會用半開玩笑的口吻。

說完之後，剎那間，曉潔有種自己是不是也像阿吉一樣，遇到這樣的情況，表現出來的樣子反而有點吊兒郎當的感覺。

原來阿吉的那些行為，都是為了減低她們的恐懼嗎？

有那麼一瞬間，曉潔心中浮現出這樣的想法，不過轉眼就被自己推翻。

不可能，他的痞是天然的，不可能是為了減低大家的恐懼。

「這……這樣真的沒問題嗎？」林俐喬一臉不安地問。

「應該吧？」曉潔側著頭說：「理論上是可行的。」

畢竟沒有實務經驗，因此就連曉潔自己都不知道這是不是真的可行，不過現在也只能硬著頭皮做了。

然而聽到曉潔這樣沒有信心的回答，在圈圈裡面的同學顯得更不安了，因此曉潔趕緊搖搖頭，用堅定的口吻說：「不，一定可以！妳們要相信阿……洪……我。」

「阿洪妳？妳叫阿洪？」林俐喬一臉狐疑。

原本曉潔想要說阿吉，但是立刻想到在學校要叫洪老師，接著又想到不能洩漏自己是跟阿吉學的這件事情，只好改口說我，結果最後反而變得不倫不類。

「不是啦，妳們要相信我！」

「可是妳自稱阿洪耶！」林俐喬瞬間變臉：「妳該不會是鬼上身了吧？」

聽到林俐喬這麼說，所有同學立刻尖叫並且抱成一團，力道比抱男朋友還要用力。

「上妳的頭啦！」曉潔白了林俐喬一眼：「是嫌不夠恐怖是不是？有必要這樣自己嚇自己嗎？還是要我把上次體育課的那件糗事說出來當作證明？」

「欸！」林俐喬立刻伸出手阻止曉潔：「不要！我相信妳！」

曉潔一把抓住林俐喬的手說：「就連手也不要伸出來。」

說完之後，曉潔順勢看了林俐喬手上的錶，然後放開她的手說：「沒時間了，我需要快點移動，不然等等時辰過了就來不及了。絕對不要離開圈圈啊！」

臨走之前，曉潔還特別再多叮嚀一次，說完之後，便頭也不回地跑到教師辦公室外，而這些留下來的人，則確實照著曉潔所叮嚀的一樣，像摟著自己的男朋友一樣，彼此抱得緊緊的。

曉潔探了探頭，教師辦公室裡面空無一人，不過有個東西立刻吸引了她的注意，那是掉在地上的一支手機，如果沒有記錯的話，那應該是蘇英瑄的手機。

換句話說，應該的確有同學來過這裡。

曉潔深呼吸一口氣之後，從書包裡面拿出一個盒子，打開盒子之後，從裡面拿出了一個摺好的符咒，然後將它放入口中含著。

此時此刻，這裡是魍的活動地點，在滅之中，有四種最主要的鬼魂。

鍾馗派將這四種鬼魂稱之為魑魅魍魎，這是專門稱呼在滅之中的四種鬼魂，與外面的魑魅魍魎完全無關，就跟甲乙丙丁差不多，只是一種代名詞，而在口語上都習慣稱它們為滅魑、滅魅、滅魍、滅魎。

這四種鬼魂會隨著時間的變化在不同方位活動，每半個時辰都會有所變動。

現在這個時間點，教師辦公室正是滅魍活動旺盛的區域。

滅魍擅長藏身，不僅會藏身於地中，也會藏在牆壁與天花板之中，在它們活動旺盛的地方，它們會把在那裡的人全部拖入牆中、地底或天花板，這些人會因此被困在一片黑暗之中，動彈不得，更無法以一己之力脫困，最後就會這樣被活活餓死。

要讓那些滅魍把抓走的人交出來，最好的方法就是在這裡跳鍾馗，不過因為鍾馗戲偶太大，所以曉潔把要帶回家的那尊練習用戲偶放在阿吉的跑車上，沒有帶到學校。

因此在眼下完全沒有戲偶的情況，只能退而求其次，佈陣。

雖然上個禮拜一度看阿吉用拖把畫過一次符，自己也跟著阿吉畫過一次，不過在畫那唯一的一次時，阿吉還是有在旁邊指導，現在阿吉不在身邊，就連曉潔自己也不知道她能不能夠畫出具有效力的符文。

可是現在真的也只能硬著頭皮上了，只不過，曉潔手邊也沒有拖把，沒辦法如法炮製。

曉潔摸著下巴想了一會，腦海裡面浮現出一個可以替代的東西。

她看著空無一人的教師辦公室，試圖回想起英文老師，也就是丙班導師黃老師的位子，如果沒記錯的話，應該是在進門後右邊第三個辦公桌。

曉潔高一時候的英文老師也是黃老師，當時擔任英文小老師的她，知道黃老師有特別訂製的粉筆，比較沒有粉塵，甚至在不是黑板的地方，也能夠輕鬆寫出東西。

曉潔跑過去，打開辦公桌的抽屜，果然在裡面看到了幾盒粉筆。

曉潔從粉筆盒裡面，拿出了幾支粉筆。

在教師辦公室的前半部，有一處差不多兩坪大的空地，剛好可以拿來畫陣。

雖然口中的符咒可以暫時保護她不會被那些滅魍發現，不過符咒的效果時間有限，她還是需要快一點。

曉潔趴在地上，稍微回想了一下之後，口中含著符咒一邊小心地唸著咒文，不能讓符咒掉出來，又不能太過口齒不清，一邊點三清下勒令。

這些對曉潔來說，都不是件簡單的事情，畢竟一切幾乎等同於現學現賣，才剛學沒多久，就必須要寫出可以佈下陣勢的符文。

加上唸咒跟下筆要同時進行，兩者對曉潔來說都還不熟悉，因此所耗費的時間也比當時在練習的時候還要久上許多。

好不容易畫下最後一筆，鎮陣之咒也算是完成了，只是連曉潔自己也不確定這個是不是真的有效，不過她很快就會知道答案。

曉潔站起身來拍了拍手，原本想要把粉筆丟著，但是想了一下之後，還是把粉筆收進書包裡，畢竟誰知道等等會不會還需要用到。

曉潔從書包拿出一把銅錢劍，原本應該要手執木劍，但是因為木劍太長了，所以也跟戲偶一起放在車上，現在手邊就只有銅錢劍，曉潔也不知道這樣可不可以，不過眼下也沒得挑就是了。

照著腦海裡的印象，曉潔在陣前開始踏起七星步，每踏一步，口中便唸了一段口訣。由於曉潔口中還含著符咒，加上哪怕前兩個禮拜已經不知道演練過多少類似的練習，曉潔還是不習慣像阿吉那樣大聲地把口訣說出來，因此曉潔唸口訣的音量小到幾乎只有自己才聽得見。

「滅魍，這是給你的破縛劍，斬。」

唸完口訣之後，曉潔抬起腳，對準了方位之後，對著前面空無一人的教師辦公室叫道：「把我的同學還給我！」

曉潔叫完之後，用力喊了聲「吐」，腳也跟著用力一踩，砰的一聲，與此同時，牆壁竟然就這麼凸了起來。

想不到自己竟然順利使出這樣的陣法，曉潔有點難以置信地瞪大雙眼，只見牆壁一凹一凸，就真的好像嘴巴吐出東西來一樣，瞬間有八個身影從天花板與側面的牆壁中被吐出來。

這八個身影不是別人，正是剛剛在教師辦公室被滅魍所抓走的蘇英瑄一行人。

八人摔到地板上之後，不免發出一連串的哀號，不過從眾人的模樣看起來，似乎都沒有人受到重傷。

「妳們沒事吧？」

蘇英瑄等人紛紛從地板上爬起來，有點愣愣的樣子，似乎還搞不清楚到底發生什麼事情，直到牆壁發出了怪聲，八人才突然叫了出來，並且朝曉潔這邊靠過來。

那聲音就好像有人在牆壁裡面哀號一樣，聽到這聲音曉潔才想到，除了自己之外，這八個人並沒有含著跟她一樣的符咒，偏偏自己手邊沒有那麼多東西，就連她嘴巴裡面含著的，也是本來要準備帶回家去當成範本的符咒。

沒有這種保平安的符咒，在此時此刻的此地，絕對不能算是脫離險境。

尤其如果這八個人再被抓回去，那曉潔這一趟絕對可以說是白忙了。

想到這裡，曉潔立刻吐掉嘴裡的符咒，對著八人叫道：「快逃出去！然後左轉去跟其他人會合！快！」

曉潔催促著八人出去，等到確定大家都手忙腳亂地擠出辦公室之後，曉潔才跟著跑出去。

少了符咒的保護，滅魍也對曉潔伸出了魔爪。

才剛跑出辦公室，旁邊的牆壁就伸出了一隻手，試圖要抓住曉潔，曉潔見了立刻用手上的銅錢劍砍退，但緊接著又從地板上冒出另外一隻手，抓住了她的腳，曉潔順勢又是一劍，只不過這一劍卻也讓她整個人摔倒在地。

即便倒在地上，曉潔還是不忘對那八人叫道：「跟她們一起，站到圈圈裡！」

叫完之後，曉潔才從地上爬起來，與此同時，四個滅魍也從地板中浮了出來，只冒出上半身的四個滅魍，立刻朝曉潔這邊衝過來。

曉潔不敢回頭，拚命朝同學那邊跑，還沒跑到，就看到眼前擠成一堆的人團，這才發現剛剛自己所畫的圈圈根本擠不下那麼多人。

曉潔在內心咒罵著自己，剛剛為什麼不畫大圈一點，現在也來不及再多畫一個圈了。

同學們看到有四個只有上半身的滅魍，立刻指著曉潔身後提醒她。

「曉潔妳後面！」

曉潔當然知道後面還有追兵，本來想要靠那硃砂圈來保護，可是眼看那麼多人擠不進圈圈裡，既然這樣曉潔跑過去也沒用。

曉潔立馬停住腳步，然後轉過身去，四隻滅魍，朝曉潔撲過來，曉潔也不再揮劍。

曉潔將劍往自己頭上一橫，然後先向前一踢，踢中了其中一隻滅魎之後，腳立刻向後一縮，順勢擺出了魁星踢斗的模樣。

剩下的三隻滅魎一碰到曉潔，全部都立刻被震開，接著順勢就逃進了地板與牆壁之中。

一個動作就擊退四隻滅魎的曉潔，真的讓同學都看傻了眼。

「快去樓梯那邊！」曉潔轉過身來，指著樓梯的方向叫道，眾人這才回過神來。

一行人拔腿便朝樓梯的方向跑，一直到確定大家都到了樓梯間，曉潔才終於鬆了一口氣，整個人無力地坐倒在地上。

至少此時此刻的樓梯間，相較之下絕對是個安全的地方。

「哇！」林俐喬瞪大了眼，看著坐在階梯上不停喘氣的曉潔說：「告訴我，妳是在哪裡補這些東西的，出去之後，我也要去學。」

雖然好像勉強通過了這場測驗，不過曉潔一點也不覺得好，因為現在不過是滅後第一個時辰，而她已經那麼狼狽了。

隨著時間越來越長，這些鬼魂都會越來越強，到後來甚至只要像她們八個人一樣被抓住的話，說不定當場就死了。

下次……肯定不會那麼好運。

2

普二甲的教室裡面，洪老師已經完全豁出去了。

他將教室的門上鎖之後，便完全不理會外面的騷動。對他來說，現在最重要的還是先搞清楚到底對方是怎麼做到的。

只有搞清楚對方是如何佈滅陣的，洪老師才知道接下來該怎麼做。

洪老師把桌子全部堆到旁邊，然後看著地板。

在地板寫陣佈滅，可以說是滅的基本款，雖說仍然需要道行非常高的法師才有可能見效，不過因為不曾這麼做過，所以就連洪老師都很懷疑自己做不做得到。然而如果要佈滅，最直接的方法就是這個。

雖然不知道對方是何時潛入，但是洪老師相信，只要能找到滅陣，答案應該就會跟著浮現。

外面教官威脅著要撞門，但是洪老師現在已經不想理會那麼多了，洪老師趴在地上，仔細看著地板，繞了一大圈，卻什麼也看不出來。

不過對方很有可能清理過場地，所以這樣用肉眼看的確很難看得出端倪。

洪老師從袋子裡面拿出一個瓶子，那是一般在刑事案件中，鑑識小組常常拿來檢測血跡反應的化學試劑，一旦與血跡接觸便會發出藍光，在昏暗的光線下看起來特別清楚。

滅陣必用血，這就是洪老師特別準備了這個道具的原因。

洪老師將化學試劑噴灑在地板上方，接著走到前門，把教室裡的燈都關掉，仔細地檢查了四周的地板，看了好一會，但是卻沒有看到半點反應。

如果沒有血跡反應，那麼就不可能有佈下滅陣。

在繞了地板一圈之後，洪老師重新打開了電燈。

結果讓他非常的失望，當然也讓他非常的困惑。

地板上完全沒有任何血跡反應，這意味著只剩下四面牆壁與天花板的可能性。

問題在於左右兩側的牆壁與天花板，都有太多窗戶或者是電燈之類的東西，沒有多少空間可以寫符文。

唯一的可能性就是教室前面與後面的這兩面牆壁，前面的牆壁有黑板，寫在黑板上的可能性不大，因為不管什麼時候寫完，接下來都會有老師在上面寫東西，被其他字跡覆蓋過，咒文的效果肯定大大減弱，而如果要寫在黑板後面，那又會是一個很大的工程。

後面的話應該是最理想的，尤其是整片牆壁只有一個掛鐘。

於是洪老師又對後面牆壁做了一次相同的測試，但依然是什麼血跡也沒有。

既然這樣的話，還有哪裡可以？

洪老師掃視過教室，仔細回想著過去的經驗，到底還有哪裡可以佈下滅陣。

最後，洪老師的眼光停留在教室最後面的那個掛鐘。

以一般教室裡放的時鐘來說，它也算是太大了點，雖然不足以在後面下咒，可是不管怎麼看，都覺得有點蹊蹺。

在洪老師的記憶之中，這時鐘是這學期被分配到這間教室的時候就一直在那裡了。原本以為這是上個班級使用之後留下來的，所以一直沒有留意它，但是現在看起來……

洪老師走到後面的牆壁，然後拉來一張椅子墊腳，把掛在後牆中央的時鐘搬下來。

時鐘後面什麼也沒有，只是一片白色的牆壁……

就在洪老師這麼想的時候，一個東西吸引住了他的目光。

那是什麼東西……？

洪老師瞇著眼睛，牆上有根釘子，那是用來固定掛時鐘的釘子，不過洪老師注視的地方，是在那根釘子的下面。

就在釘子的下方，有個約莫一截指腹大的小洞，由於有點反光的關係，所以不仔細看很容易會忽略掉。

問題就在於那個反光的地方，不會太奇怪了嗎？

洪老師踮起腳尖，瞇著眼睛，想要看清楚那洞裡面到底是什麼東西會反光，看了一會之後，洪老師突然沉下了臉，瞪大了眼。

「……呼吸孔？」洪老師有點震驚，喃喃地說：「不可能吧？」

這到底是怎麼回事？

為了想要證實自己心中的想法，洪老師立刻將手指伸進那個洞，洞並不深，輕鬆就可以勾住角落，洪老師用力一勾，沒有費太大的力氣，就勾下了一小塊牆壁。

將那勾下來的小石塊拿在手中，隨便搓一下，就變得粉碎，由此可見牆壁並不算很堅固。

洪老師又一連扳了幾下，洞口瞬間變大，洪老師再往洞裡一看，在牆壁的後面，似乎嵌著一面鏡子。

真的是鏡子！

這正是剛剛洪老師心中所猜測的東西。

有些陣型符文需要的空間比較大，但是直接寫在牆壁上又有礙觀瞻，因此在實務上，常有道士會把這樣的咒文寫在牆壁之後，外面再鋪一層薄壁，然後在薄壁上留下一個匯氣之孔，放上一面小鏡子，一樣可以讓咒文發揮效果。道士們便把那個特地保留的匯氣之孔，戲稱為「符文的呼吸孔」。

從剛剛剝落下來的壁面就可以了解到，整片牆壁並沒有非常牢靠，如果用東西猛力敲擊的話，應該可以順利把牆壁敲掉。

為了證實心中的想法，洪老師跳下椅子，將椅子拿起來，猶豫了一下之後，用力對著牆壁猛敲。

洪老師當然知道，這樣會發出一些巨大的聲響，進而引發外面師生的騷動，不過現在真的沒辦法管那麼多了。

時間一分一秒過去，裡面的學生也就越來越危險了。

教室外面，在楊董事長過來之後，現在就只剩下主任教官陳教官，以及那個跟在董事長後面的男子兩個人而已。

這男人到底是哪來的啊？

陳教官忍不住浮現出這樣的疑問。

此時正值下課時間，但是陳教官卻被派駐在普二甲門口，驅離任何停下來想要圍觀的同學或老師。

「這裡全權交給他負責。」

當時的楊董事長指著那男人如是命令。

而這個男人的第一個指示，就是要所有人離開，只留下主任教官一個人幫忙指揮，不要讓任何人靠近普二甲的教室。

至於洪老師，不管他在裡面幹嘛，都不准去打擾他。

因此兩人就這樣守在教室外面，什麼也不做，只是靜靜地等待著。

許多學生通過走廊都會將頭轉向這邊，讓陳教官不停地揮手驅趕，不只有好奇的學生，也有幾個下課後經過的老師，也都停下來想要了解一下到底發生什麼事情，最後也都被陳教官勸離。

而那男人卻彷彿事不關己，靠在普二甲的門邊，冷眼看著這一切。

好不容易捱過了下課時間，陳教官也好不容易可以鬆一口氣，卻在這個時候，普二甲教室裡面傳來砰的一聲巨響，陳教官嚇了一大跳，整個人縮成了一團。

陳教官立刻轉頭看向教室，但是因為窗戶都被報紙封住了，因此什麼也看不見，陳教官又轉過去看著那個「全權負責」的男人，豈料那男人的臉上竟然露出了笑容。

「好傢伙，」男人面露神秘的微笑說道：「比我想像中還快找到。」

3

在經過一小段時間的休息之後，曉潔看了看時間，眾人入滅已經超過一個小時，理論上來說，雖然內外兩邊有時間上的落差，但是以經驗來說，不會超過兩倍，這是阿吉告訴她的。既然如此，外面差不多也已經過了一節課的時間，再怎麼樣阿吉那邊應該都已經知道眾人入滅的事情了。

不過現在曉潔身邊大約只有三分之一的同學，這樣就算阿吉進來了，眾人也沒辦法丟下其他人先逃出去。

所以對曉潔來說，目前最重要的就是先找到剩下的同學，但是都已經經過了一個小時，滅裡面不管是方位還是地形，都開始有點錯亂，情況變得越來越糟糕了。

剛才眾人還想到一樓，誰知道下了樓梯，走出樓梯間，卻發現她們反而來到了四樓，於是眾人回到樓梯間往上走，希望可以回到二樓，誰知道一走出來，竟然是三樓。像這樣的情況，在滅之中可以說是屢見不鮮。

這些都讓曉潔的工作變得更加困難。

以目前的時刻來說，最危險的地方應該是三樓東側的教室那邊。

可是問題就在連曉潔都越來越不確定，走上樓梯或者是進入一扇門之後，到底會通往哪裡了。

這讓曉潔每到一個路口，每要通過一扇門，都必須特別小心，不過比較幸運的是，到目前為止，情況還不算完全失控。空間錯亂的情形，只有發生在少數的地方。

另外運氣也是站在曉潔這邊，在救出了教師辦公室裡的蘇英瑄等人之後，這一路前進的過程之中，曉潔意外的分別在幾條走廊上發現了一些同學，然後又找到幾個躲在廁所裡的人，也與另外一群一開始便朝教官室而去的同學會合了。

在加入了這些人之後，曉潔稍微清點了一下人數，只差九個人全班就都聚集在一起了。

可是問題就在於，就算大家出不了校園，學校還是挺大的，加上環境已經開始在改變，就算知道這九個人在哪裡，也不見得能夠走得到。

因此曉潔這邊也只能盡可能帶著大部分的同學，避開危險的地方，並沿途找看看能不能發現剩下的九個人。

在入滅之後，曉潔靠著心中記憶的口訣，以及前兩個禮拜的回憶，幾乎可以說是做對了每一件事情，至少到目前為止，算是順利讓普二甲的同學都沒有遇到太大的危險。

阿吉之所以會讓曉潔到么洞八廟學習，並不是因為預料到她會入滅，事實上，這也算是一種歪打正著。因為阿吉雖然有察覺對方可能會用滅陣，但是卻沒有想到對方竟然會在自己完全沒有察覺的情況之下使用，一旦阿吉察覺了，自然也不會讓這些同學入滅。

所以從某個角度來說，阿吉也算是失算了。

一個失算加上一個歪打正著，才會讓情況演變成現在這樣的局面。

在曉潔的帶領之下，眾人穿梭在校園之中，一方面保持警戒，避開那些危險的地點，一方面希望可以找到最後僅存的幾個人。

每當要進入一個地點，都一定由曉潔先走，確定安全之後，才會指示讓其他人進來。眾人就這樣在校園裡又足足繞了將近一個小時，曉潔讓眾人休息一下，順便也等待著時辰的轉變。

入滅已經過了兩個小時，從時間方面來說，現在的阿吉肯定已經知道眾人的情況，而且應該也有所行動了，如果順利的話，相信阿吉隨時都有可能出現。

可是，現在還是缺少了九個人。

因此曉潔不打算就這樣放棄，在確定進入了下一個時辰之後，曉潔繼續帶著大家前進。

這個時辰最危險的地方是在六樓的室內體育館與視聽教室那邊，只要避開那邊，相信一定可以安全地進行搜索。

可是才剛出發，曉潔就發現情況變得越來越嚴重。

眾人原本在資一班的教室，想不到出門之後，竟然在五樓的走廊。

環境轉變的情況越來越嚴重，曉潔甚至開始懷疑，會不會就算阿吉進來了，也沒辦法找到眾人。

如果是這樣的話，情況就會更糟糕了。

因此即便覺得不太安全，但曉潔還是決定先試圖看看能不能回到普二甲的教室。

曉潔探頭出樓梯間，確定一下環境，剛剛眾人才走上東側樓梯，理論上應該是到了三樓，出樓梯間之後，應該就會到達多媒體設計科的那一排教室，然後經過幾間教室之後，就可以到達普二甲了。

一切看起來非常平靜，雖然在紅光的照射之下，連平常熟悉的樓層都顯得詭譎，但是應該沒什麼問題才對。

在確定安全之後，曉潔揮了揮手，要大家跟上，一行人走入走廊，朝著普二甲教室的方向前進。

走沒幾步，曉潔突然感覺有點奇怪，在走廊盡頭有一點光源，正當曉潔想要看清楚的時候，那光源突然變得強烈，並且直直朝走廊這邊照射過來，由於光線太過於強烈，曉潔根本沒辦法直視，只能用手遮擋保護眼睛不被強光射傷。

幸好那強烈的光線並沒有持續太久，過了一會之後，整個世界又恢復成紅通通的一片。

不過當曉潔把手放下，她才知道剛剛那道光線的影響力，她有點傻眼地看著眼前的景象。

「怎麼會……？」

「我們剛剛不是還在走廊嗎？」

原來剛剛那一道光芒過去之後，所有人已經不在走廊上，而是身在校門口。

這讓曉潔一時之間都不知道該如何反應了，畢竟好不容易就快要走到普二甲教室了，誰知道一轉眼又變成身處在校門口。

這時不知道是誰先引起騷動，所有人都開始鼓譟了起來。

「只要逃出學校，應該就可以回到原來的世界了！」

一切都源自於不知道是誰開的口，接著這句話彷彿有魔力一樣，瞬間讓所有人都開始騷動起來，甚至有人已經直接就朝校門跑了。

「等等！」曉潔試圖阻止大家：「大家別亂跑啊！」

但是比起曉潔的話，剛剛那句可以回到原來的世界更有吸引力，因此往校門跑的人越來越多。

一瞬間，幾乎班上的同學都朝校門跑去。

這到底是怎麼回事啊？

曉潔完全不了解，為什麼大家會那麼快就失去理智，但是眼看情況已經完全沒有辦法控制，曉潔也只能跟著跑到校門前。

幾個比較快跑到校門的同學，眼看校門無法打開，竟然開始爬上校門，想要直接翻越逃離學校。

「別出去！」曉潔叫著：「大家冷靜一點啊！」

但是曉潔的話根本起不了太大的作用，同學們爭先恐後地爬上校門，眼看一半以上的同學都已經爬過去了，曉潔似乎也不能夠放著那些同學不管。

「算了，一起爬過去，快點！」

曉潔催促著還待在校門內猶豫的同學們，畢竟此刻校門並不算是安全的地方，所以爬過去說不定不算太糟。

等到大部分的同學都爬過校門之後，曉潔也跟著爬上去，實心鐵門的校門並不高，因此幾乎只要蹬一下就可以攀到上面，可是人才剛爬到門上，就有一股強大的力量將自己往另外一邊拖，曉潔根本沒有半點準備，因此就這麼重心不穩地摔到了地上。

才剛著地，眼前的地板就讓曉潔覺得不對勁，按理說爬出校門之後，應該就會到外面鋪有紅磚的人行道，但是眼前的卻是木製地板。

果然，她們並沒有這樣就離開學校，而且，情況一點也沒有比較好。

頭一抬起來，曉潔心中不免發出一聲哀號，因為她們來到了現在最危險的地方——室內體育館。

「怎麼會是這裡？」

「我們永遠也沒辦法逃離學校了！」

同學們驚慌地叫道。

「曉潔！」突然有人從體育館的另外一邊跑了過來：「還有妳們！怎麼大家都來了？」

曉潔定睛一看，這幾個人正是她們找了好一陣子卻都沒有找到的剩下九個人。

至少，現在全班總算是到齊了，但是曉潔卻一點也高興不起來。

因為此刻室內體育館這裡，正是滅魅的活動地點，也就是說，現在全班都籠罩在危險之中。

「為什麼會這樣？」

「為什麼我們會到這裡來？我們明明爬出校門了。」

「妳們是不是也從校門爬出去？」

「對啊，結果就到這裡來了。」

同學們還在討論著自己為什麼會到這裡來的，但曉潔的臉色已經是越來越難看。

曉潔非常清楚，在滅之中會有四種妖魔鬼怪，魑魅魍魎，而此時此刻在體育館裡面的滅魅，就像口訣裡面所說：「滅魅如魅惑之靈，煽動人心、亂人心智。」

不行！我們必須盡快離開這裡！

就在曉潔這麼想的時候，突然又有一群人靠了過來。

「媽？」其中一個同學突然這麼叫道，並且看著體育館遠處的觀眾席。

就在大家還覺得奇怪的時候，另外一邊又有人認起了親戚。

「爸？」

「姊？妳怎麼會來這裡？」

現場頓時宛如一場母姊會一樣，一堆人爭先恐後地認出自己的家人，曉潔愣愣地看了一會之後，才大概想到這應該是滅魅的行為。

畢竟，這也實在是太不合邏輯了。

眼看越來越多同學找到了親人，並且與那些親人靠近，讓曉潔急了起來。

「不要過去啊！妳們到底是怎麼了？想也知道這些都是假的，他們怎麼可能在這時間進來這種地方？妳們冷靜一點！快點離開他們！求求妳們！」

然而光是在校門前，大家就已經失控了，更何況是親人出現在眼前呢？

在親人面前，再堅強的人也會卸下最強悍的武裝，倒在家人的懷中訴苦或者是療傷，更何況她們都還只是年輕的少女。

但是曉潔非常清楚，這些都是滅魅的手法，那些親人肯定是滅魅喬裝的，可是在場卻沒有半個人願意靜下心來聽聽曉潔的話。

曉潔急了，眼看同學一步步走入滅魅的陷阱，但是自己卻怎麼都沒辦法阻止。

不行！

曉潔知道自己應該要做點什麼。

在距離曉潔不遠處，連一路上都跟隨著曉潔的副班長林俐喬，都正要跟自己的媽媽訴說她這段時間的遭遇。

曉潔知道自己不管怎麼說，林俐喬都不會聽，因此腦海裡面只閃過這樣的想法——她必須要阻止滅魅傷害林俐喬。

曉潔朝兩人衝過去，然後抬起腳來，一腳就朝林俐喬的媽媽踢過去。

林俐喬的媽媽跟林俐喬根本沒有想到有人會這樣突然偷襲，自然完全沒有反應過來，林俐喬的媽媽就這樣被曉潔踢倒在地上，而曉潔因為衝力的關係，也跟著往前一踏，竟然就這樣踩在林俐喬媽媽的臉上。

林俐喬徹底看傻了眼，她完全無法想像曉潔會這樣偷襲自己的媽媽。

林俐喬先是愣在原地一會，然後才用這輩子最難以置信的表情，對著曉潔叫道：「曉、曉潔！妳在幹什麼！妳對我媽做了什麼！」

但是曉潔完全沒有停下來的打算，才剛阻止了這對母女，立刻又朝另外一對父女衝過去。

就這樣一連拆散了好幾個家庭，但是不管曉潔多努力，大家卻只是對曉潔的行為憤怒、不解。

「大家聽我說！」一連拆散好幾組家人團聚之後，曉潔大聲對大家叫道：「這些不是妳們的家人！他們都是假的！請大家冷靜一點，不要一看到家人就瘋狂衝過去！想一下！這不合邏輯啊！」

這一次，雖然大家都停下來聽著曉潔說話，但是在這種情況之下，沒有人可以認同曉潔的話。

「妳在說什麼啊？」

「最瘋狂的人是妳吧！」

「就是說啊！」

「曉潔妳到底怎麼了？跟個瘋婆子一樣！」

面對同學排山倒海的批評，曉潔只能繼續叫道：「那些是幻影！他們不是好東西！」

「那誰又知道妳是不是真實的？」

「我看最奇怪的就是妳！怎麼會對這裡那麼了解？」

「對啊！對啊！」

面對這一連串的批評聲浪與質疑，曉潔完全不知道該怎麼解釋，這時，曉潔已經注意到同學們看自己的眼神，那完全充滿了敵意與疑惑。

張開嘴，想要說些什麼，但是內心那股強烈的無力感，讓曉潔完全說不出話來。

就這樣張著嘴，靜默了一會，曉潔緩緩地低下頭來，她非常清楚，不管她說什麼，都沒有任何同學會認同她、相信她了。

對不起……阿吉……我真的不行了。

曉潔在心中洩氣地說。

彷彿是呼應著曉潔的話，這時突然有一群人騷動了起來。

「阿吉！」

「是阿吉！」

「呀——」

曉潔緩緩抬起頭來，看到這群騷動的人正是阿吉後援會的成員。

猛然轉過頭去，曉潔笑了。

「該死的……你終於捨得進來了嗎？」曉潔勉強地露出笑容，無力地說。

站在曉潔身後的不是別人，正是那個金髮的阿吉。

「不過很抱歉，」曉潔仰起頭來看著阿吉說：「我讓你失望了，大家都對我很不滿，也不再相信我了，接下來真的只能交給你了。」

「不會，妳已經做得很好了。」阿吉輕聲地安慰著曉潔。

聽到阿吉這麼說，心中滿腹的委屈宛如燒開的開水般，全部湧上眼眶，不想讓人看到自己軟弱模樣的曉潔，立刻低下了頭，靠在阿吉的胸前。

阿吉溫柔地撫摸著曉潔的頭，接著臉上閃過了一抹詭異的模樣，就好像有著什麼在臉皮下面滑過去一樣。

而這樣的情況，不只有在阿吉的臉上，也出現在所有在場學生的親朋好友臉上。

4

教室後面整片牆壁幾乎都被洪老師拆下來了，地板上到處是碎石塊與粉末。薄牆後面的另外一面牆壁，終於露出它原本的面目。

根本不需要做任何血跡反應測試，紅褐色的血陣就這樣大剌剌地印在牆壁上。看是看得非常清楚，但是洪老師的雙眼卻瞪得非常之大。

原本還以為，只要找到陣，就能夠了解一切，想不到看到陣之後，心頭卻浮現出更多疑惑。

這是天滅魔之陣。

這是在滅陣之中，最難佈下的一個陣，也是最難破解的。

在所有洪老師認識的人之中，只有兩個人會佈這種陣。

一個是比起佈陣，更會破解這個滅陣的呂偉道長。雖然從來沒佈過，但是至少他是洪老師所認識的人之中，唯一破過這個陣的人。

另外一個，就是已經被呂偉道長所殺的劉易經，跟呂偉道長相反，劉易經正是佈這種陣的高手。

就好像連續殺人魔一定會留下自己的記號一樣，這些年來所遇到的天滅魔之陣，根本可以說是劉易經的專屬簽名。

當年他就是用這個陣來殘害各地的鍾馗派，在那場被稱為易經之禍的災難之中，有超過百人以上的鍾馗派道士，喪命於這個天滅魔之陣中。

洪老師壓根兒沒有想到，在牆壁後面看到的會是這個陣。

為什麼？明明劉易經已經死了，為什麼還會有人佈下這個陣？這到底是……

雖然心中有更多的疑惑，而且帶給洪老師極大的震撼，但最後洪老師還是冷靜了下來。

首先，現在對他來說最重要的，還是那些入滅的學生安危。

雖然不能如洪老師心中所想的一樣美好，解開一切的疑惑，但是這個天滅魔之陣還是給了洪老師不少訊息。

不過最讓洪老師疑惑的地方是，從工法來說，這不可能是一、兩天就可以完成的事情，先不要說砌牆，光是寫下這天滅魔之陣的咒文，就需要花上三天的時間。

即使是當年的劉易經，在開始動手之前，也花了一個月的時間做準備。

因為佈陣需要鮮血，而且還是要修行人的血，所以當時為了儲備足夠的鮮血，劉易經花了好幾個禮拜，讓自己的身體製血、抽血。

而且咒文在下筆的時候就需要道行，沒有道行的人可能摹寫個兩行就會頭暈到無法下筆。

所以這不可能是一個晚上或一個週末就可以完成的工作，更遑論還要在外面鋪上一層薄牆。

對方到底是怎麼做到的？

第一時間洪老師想到的是隨機犯案，但是這一點也不合邏輯。

用鍾馗派的方法來隨機犯案，其他的地方不說，光是對方選在這所剛好就有個老師是前鍾馗派道士的學校，而且又碰巧選中了他所教的班級，這樣的機率就已經低到難以置信了。

所以這一切不可能是巧合……

唯一的可能就是利用寒暑假來佈陣，如果對方對學校的校務夠了解，可以事先就知道自己的班級，或許就能夠趁暑假的時候，完成這樣的作業。

問題在於如果是這樣的話，一定要有學校內部的人接應。

是誰呢……

洪老師搖了搖頭，這並不是他現在迫切需要搞清楚的問題。

雖然這個問題他搞不清楚，不過其他的東西，倒是逐漸清楚了起來。

至少他知道為什麼自己的學生會那麼容易就遇到那些不好的東西，在天滅魔之陣的前面上課，根本就是廁所裡點燈，找死。

這個陣至少解釋了洪老師班上的學生不是倒楣，而是在這個陣的影響之下，讓她們消耗陽氣，陰盛陽衰。因此不管任何人對她們下咒，她們幾乎都毫無半點防備之力。

說不定不需要多下咒，這樣的情況之下，幾乎可以說是成為了一個磁場，不管到哪裡都很容易招惹到不乾淨的東西。

所以這就是真相嗎？

一切都是這個陣的影響，才會讓他的學生一次又一次陷入危險之中？

不過這一切在此時此刻都變得不重要了。

看著天滅魔之陣，洪老師不禁有點洩氣了。

在沒有師父呂偉道長在身邊的情況之下，自己真的能破得了這個陣嗎？

當然不管怎樣，洪老師都要賭一把。

一定要進去，然後把所有學生都救回來。

拿出法索，洪老師的臉上沒有半點猶豫的神情。

5

一陣尖叫聲，讓低頭在阿吉懷中的曉潔驚覺過來。

不對！

曉潔幾乎是立刻反應，但是仍然為時已晚，才剛退一步，腹部就受到一股強烈的重擊。

本來就想要往後跳的曉潔，在得到這粗暴的助力之下，整個人向後飛了出去。

騰在空中的那短暫剎那，時間就彷彿暫停了，曉潔先看到了阿吉臉上那詭異的模樣，

接著又看到那些同學的親朋好友們，紛紛把同學們抓起來的模樣。

就在曉潔重重摔倒在地板上的同時，她了解了眼前的一切，但是心中那股不甘心的心情也油然而生。

眼前的阿吉，就跟那些親朋好友一樣，都是假的，都是滅魅的手法。

我是豬嗎！

曉潔在心中咒罵著自己，明明知道魑魅魍魎的一切，卻還是掉入陷阱之中。

四周頓時陷入了一片混亂，只見那些親朋好友，紛紛將投奔到他們身邊的同學抓起來，或打或摔，尖叫聲此起彼落。接著在同學們都失去抵抗之後，那些親朋好友便會將她們抓起來，然後消失得無影無蹤。

雖然其中不乏有些比較和平一點的，直接被親人們帶離室內體育館，但是曉潔非常清楚，那些被帶走的不會比這些被打的好到哪裡去。

曉潔知道，那些被滅魅抓走的同學，就好像被滅魍抓進牆壁裡的同學一樣。

在滅裡面，魑魅魍魎這四種鬼雖然對付人的能力不太一樣，但是處置大概都差不多。先把人囚住，然後讓他們在一片黑暗中慢慢死去。

至於從被囚困到斷氣的時間大概有多長，那就要看入滅時間的長短了，入滅之後經過的時間越長，囚困到斷氣的時間就越短。

雖然現在還不到一被抓進去就會立刻斷氣的階段，可是想到好不容易才集合起來的眾人，現在又不知道被滅魅拐到哪裡去，曉潔就更不甘心了。

曉潔想阻止，但是腹部的劇痛讓她連站都站不穩了，勉強爬起來，只看到更多的同學被滅魅帶走，消失在體育館。

這時那個假阿吉也朝著曉潔走過來，伸出手來準備抓住曉潔，然後讓曉潔跟那些同學一樣，一起被困入永恆的黑暗之中。

眼看假阿吉的手就要碰到自己了，曉潔這時一縮身，然後一腳朝著假阿吉的腹部踢下去，這也算是報了一箭之仇。

「我可沒有那麼好解決！」一踢得手的曉潔對著假阿吉叫道。

但是假阿吉這邊也沒有那麼好解決，雖然被曉潔踢退了一步，但是很快就又朝曉潔撲過來。

曉潔一退之下，腳又是一踢，想要學阿吉一樣，來個魁星起手，但是一連幾次，不是踢得太小力，完全沒辦法阻止假阿吉，就是踢得太用力，導致根本擺不出魁星踢斗的姿勢。

比起那些文字化的口訣，曉潔在身體方面的記憶能力，似乎就不如腦袋優秀了。

一連幾次下來，曉潔的模樣詭異至極，就好像一隻獨腳在跳行的野生動物一樣，動作十分怪異、可笑。

雙方就這樣一直纏鬥了幾分鐘，曉潔幾乎已經快要跳到筋疲力盡了，終於有這麼一次，曉潔一腳踢下去的力道剛好，一收腳擺出來的姿勢也是一百分，魁星起手式立刻發揮出功效，那滅魅變成的假阿吉立刻被踢飛了好幾公尺。

在假阿吉與曉潔纏鬥的這段時間裡面，同學們幾乎都被帶光了，留下來的只有少數幾個人，其中大部分都是那些剛剛在發難之前，曉潔先行去攻擊佯裝成她們親人的同學，因為曉潔的這一攪和，導致她們在這場襲擊中倖免於難，那些假親人眼見被破壞之後，便跟著其他得逞的滅魅一起離開了。

當然在留下來的人裡面，還有一群人無視其他假親友的出現，只為曉潔跟假阿吉的打鬥而揪心，那正是自行組成了阿吉後援會的成員。她們不知道曉潔為什麼會跟阿吉打起來，對於一邊是同學，一邊是阿吉的這種情況，她們真的是揪心到了極點，直到最後看到阿吉被打飛，她們才立刻衝上前去。

好不容易才讓自己的魁星起手式有這麼一次出現一點成效，曉潔還在喘息，根本沒注意到那群人一擁而上，等到看到的時候，她們已經跑到假阿吉身邊了。

「不要！小心！」

曉潔試圖阻止她們靠近假阿吉，但是為時已晚，只見假阿吉張開雙臂，一擁之下，阿吉後援會的所有成員就這樣跟著假阿吉一起消失在眼前。

看到這樣的景象，曉潔無力地坐倒在地上，好不容易把同學們集合起來，現在又幾乎全部都……

一想到這裡，曉潔幾乎就快要崩潰了。

想不到自己連這麼簡單的任務都沒辦法做到。

曉潔從來沒有這麼自責過，也從來沒有過這般的無力感。

兩個多禮拜以來的努力，似乎在此時此刻都付諸流水，雖然曉潔也非常清楚，知道理論是一回事，記住口訣是一回事，等到上場實戰那又是另外一回事了。

僅存下來的同學，此刻當然已經搞清楚，剛剛的一切並不是自己想像的那樣有所好轉，雖然沒有人會責怪曉潔，但是也實在說不上有感謝她的心情，眾人只是遠遠地看著曉潔，沒人敢過去。

就這樣，原本熱鬧的體育館，一時之間竟然鴉雀無聲，而曉潔就坐在場中央，失落的神情全寫在臉上。

其他同學彷彿刻意跟曉潔保持著一段距離，坐在比較遠的地方。

眾人不發一語，似乎在等待著什麼一樣。

也不知道過了多久，這時室內體育館的門，緩緩地打了開來，一個身影從門後走了進來。

最先發現的人，是那群遠離曉潔坐在地板上休息的同學們，其中一個人看到那個身影之後，拍拍其他人，然後大夥一起看過去，臉上頓時浮現出複雜的神情。

該說是興奮嗎？或者說又來了？還是應該展現出失望？

由於眾人心中都有一些疑惑，因此浮現出來的表情，自然也是五味雜陳。

那身影朝眾人這邊走過來，終於，在場中央的曉潔也注意到了。

她抬起頭來，面無表情，沒人可以看得出曉潔心中複雜的情緒。

不過曉潔只知道一件事情，那就是現在這個時刻，體育館是危險地帶，她不會再犯同樣的錯了。

來的這個身影大家非常熟悉，那正是普二甲班導師，洪老師。

洪老師朝著集中在一起的同學這邊走來，此刻的洪老師沒有戴眼鏡，因此同學們下意識覺得有些奇怪。

曉潔則是二話不說，直接朝著洪老師而去，兩人轉眼間近在咫尺。

洪老師張開嘴，似乎想要說話，但是這一次，曉潔的速度更快。

「先是阿吉？然後又是洪老師？」

曉潔自言自語，恨恨地說完之後，立刻掄起了拳頭，然後幾乎可以說是用盡了吃奶的力氣，朝著洪老師的頭上狠狠地敲下去。

張開嘴什麼話都還沒說出口的洪老師，就這樣眼睜睜看著曉潔的拳頭，筆直地轟在自己的腦袋上。

咚的一聲巨響，立刻傳遍了整間室內體育館，似乎還有餘音迴盪其中，曉潔這一下的力道之大可見一斑。

這手感……好紮實。

狠狠地敲下去的曉潔，心中突然有了這種感覺。

時間彷彿停滯了一會，約莫過了一秒後，整座室內體育館傳來了洪老師震耳欲聾的哀號聲。

第5章・夢想幻滅

1

「嗚嗚嗚——喔喔喔——耶耶耶——」

洪老師一會縮，一會蹲，一會又在原地跳來跳去，嘴巴不停發出各種難以置信的哀號，讓在場所有同學看得都在心中幫他喊痛。

畢竟曉潔那一下，不只用盡了全身的力道，還包含了入滅之後的委屈與不甘心等等的怨念，力道之大如果是拿來劈磚瓦的話，恐怕一次會破個十來片。

而洪老師的頭跟那些磚瓦沒什麼兩樣，連閃都沒有閃，因此看起來受力似乎非常紮實。

洪老師用力搓著頭，搓到整個頭髮都在晃動了，不免讓那些壓根兒不知道洪老師根本是戴了頂假髮的同學，開始懷疑洪老師是不是在剛剛那一拳之下，被打到頭顱都開花了。

曉潔一臉錯愕，完全不知道眼前的這個洪老師是真是假，只能壓低身子，觀察洪老師的一舉一動。

「謀殺！謀殺！」猛搓著頭的洪老師這時終於恢復了一點語言能力，大聲叫道：「這真的是謀殺！喔！我這輩子真的從來都沒有被人家打成這樣過！喔喔喔！」

「阿……洪老師？」看到這樣副模樣，直接聯想到阿吉的曉潔，改口後又驚訝又疑惑地問。

「怎樣？」洪老師臉上浮現出難以置信的表情說：「妳不要說妳沒看到我，妳直直朝我走過來，然後一拳就這樣給我打下去，現在還在裝什麼沒看清楚？妳打師父！不是，打老師！喔喔喔！還卯足全力！嗚嗚嗚！」

看到洪老師這個模樣，曉潔這才確定，原來眼前這個真的是洪老師。

「對不起！」曉潔一連狂鞠了好幾個躬叫道：「真的對不起，我真的不知道你是真的洪老師，我以為你是那些滅魅。」

在確定真的是洪老師之後，其他同學也都靠了過來，不過還是有點害怕曉潔，因此保持著一定的距離。

洪老師還在搓著那個被曉潔一拳轟下去的地方，即便到現在還是覺得有點眼冒金星。

「老師，」林俐喬有點畏怯地對洪老師說：「你要小心，曉潔怪怪的，她不只打你，剛剛還踩了我媽媽的臉。」

「啊？」洪老師一邊揉著頭，一邊看著此刻正低下頭的曉潔說：「又是滅魅？」

曉潔點了點頭。

「就算是滅魅，踩人家的臉也真的是有點……。」

「你有資格這麼說嗎？」曉潔抬起頭來白了洪老師一眼說：「徐馨的奶奶……」

「真是，」洪老師嘖了一聲說：「好的不學學壞的，那是我弟弟阿吉的不好示範。」

這時洪老師也終於停止搓揉，無奈地說：「看樣子這應該會腫一個很大的包。」

聽到洪老師這麼說，曉潔又愧疚地低下了頭。

「我是很高興妳能有這樣的警覺性啦，」洪老師側著頭說：「不管是滅魅還是魅靈，對很多人來說都是一個關卡，要完全不受到魅惑實在有它的難度。那麼妳有找到其他同學嗎？」

聽到洪老師這麼問，曉潔剛剛的挫敗感又浮現在心頭，她低著頭說：「對不起，阿吉，我真的讓你失望了。你教我口訣就是為了這個吧？但是我卻沒辦法……連保護同學的能力都沒有，我甚至沒辦法說服大家不要去相信那些滅魅。」

「誰跟妳說我……弟弟教妳口訣就是為了這個？」洪老師挑眉說：「如果我或者阿吉任何一個人，知道對方做出這件事情，我們壓根兒就不會讓這樣的事情發生。寄望一個才剛學會口訣的人可以入滅，這不只是一件困難的事，更是一件不可能的任務，沒人可以期望一個剛學會口訣的人做出這麼多。」

洪老師會下定決心教曉潔這些，除了當班上又再度發生這種事情的時候可以幫得上忙，主要還是因為曉潔有著很適合當鍾馗派傳人的資質，另外還有最重要的一點，那就是他對曉潔的信任。

「妳還記得我弟跟妳說過的易經之禍嗎？」洪老師問。

曉潔點了點頭。

關於易經之禍的事情，曉潔上上個禮拜就聽阿吉說過了，因此對於易經之禍的始末，以及中間所發生的一些事情，大致上來說都很清楚。

「劉易經在第一階段的時候，就在很多地方佈下滅陣，導致很多人的死亡，妳忘了嗎？」

曉潔搖搖頭。

「那些入滅而往生的人，幾乎都是鍾馗派的道士，而且沒有人是新手，但卻仍然命喪滅中。沒有任何一個鍾馗派的師父，會那麼變態把自己剛學會口訣的學徒送入滅陣裡面，懂了嗎？」

洪老師白了曉潔一眼，曉潔點了點頭。

「不過我們真的應該慶幸，」洪老師接著說：「妳學會了口訣，對我們來說的確是非常有利。」

對於這一點，曉潔現在不是那麼肯定了，因為即便知道了口訣，曉潔還是沒辦法讓同學相信她，更沒辦法讓所有同學都安全。

跟兩人保持一定距離的其他同學，聽不清楚兩人的對話，只覺得洪老師看起來像是在訓誡曉潔，而曉潔始終都低著頭，或點頭或搖頭的，不過眾人還是不敢再更靠近。畢竟對她們來說，洪老師終究還是自己班的導師，因此多少還是會習慣保持距離。

不過已經有幾個同學開始小聲討論起洪老師有些不同的地方，像是沒有戴眼鏡，好像變得比較高，然後表情神韻都跟平常不一樣的感覺。

「現在對我們來說，」洪老師繼續說：「時間是最大的敵人，妳們進來多久了？」

曉潔看了看手錶說：「差不多一個時辰了。」

洪老師跟曉潔對了對手錶，兩人時間差距大約四十分鐘，洪老師將時間調到跟曉潔一致。

「一般來說，滅的黃金救援時間是……」洪老師看著曉潔，示意要曉潔回答。

「三個時辰。」曉潔接話。

「嗯，」洪老師點了點頭說：「但是因為這是天滅魔之陣，我們要做保險一點的估算，黃金救援只有兩個時辰，所以我們動作需要快一點。」

「天……天滅魔之陣？」曉潔瞪大了眼：「那不是只有劉……」

「嗯，」洪老師皺起眉頭說：「我也不知道為什麼會出現天滅魔之陣。的確就我所知，只有劉易經一個人會佈這樣的陣，不過現在對我們來說，最重要的不是為什麼，而是要想辦法讓大家逃出去。」

曉潔點了點頭表示認同。

「要破滅，只有兩個方法……」洪老師看向曉潔。

「一是破陣，」曉潔回答：「一是裡應外合。」

洪老師點點頭表示讚許。

的確這兩種方法，就是面對滅陣的唯二方法。

其中的破陣，簡單來說只要把外面的血陣給毀了，大概就完工了，只是這樣一來，入滅的所有人都會死無葬身之地，而毀陣時如果沒有用正確的方法，毀陣之人也會在七天之內，死於非命。

至於另外一個裡應外合，則是用法索為繩，與入滅的道士合作，然後打倒滅頭，也就是滅陣裡的頭目。要讓所有在滅陣裡的人活著出來，這是唯一的方法。

而洪老師既然已經利用法索進來了，就表示兩人選擇的是裡應外合的方法，這已經是不爭的事實。

「我們時間非常有限，」洪老師說：「如果不想對付滅頭，就必須在時間內想辦法逃出去。現在最重要的工作是先把同學都找齊。」

曉潔沉重地閉上雙眼，點了點頭。

曉潔當然知道這是首要工作，因此她打從一開始入滅，就以此為目標，好不容易一度達成了，想不到最後卻因為滅魅的關係功虧一簣。

當然洪老師很清楚，除了入滅之後的時辰限制之外，眾人可能還面臨另外一個更嚴重的問題。

在洪老師自己也入滅之後，整間教室就沒有其他人了，換句話說，如果這時候外面有人硬是要闖進來的話，也沒人能夠阻止他們。

當他們看到了牆壁上的那些血跡符咒，很有可能會將血陣破壞，到時候所有人就都出不去了。

「所以我們必須分頭行事，」洪老師對曉潔說：「盡快把人集合起來。」

聽到洪老師這麼說，曉潔抬起頭來一臉沒有自信地說：「我……不確定我還能做得到嗎？我沒有信心可以讓她們相信我，跟我走。」

「冷靜一點，」洪老師拍了拍曉潔的肩膀說：「我不會看錯人的，妳一定可以，不過妳要先相信妳自己，如果連妳都對自己有所懷疑，別人又怎麼能夠相信妳呢？」

曉潔皺著眉頭，神情之間還是有些猶豫。

「妳一定要做到，」洪老師說：「因為在教會妳口訣的那一刻開始，妳踏上的就已經不再是條平凡的路了。妳還不知道嗎？在妳肩膀上的責任，遠遠比妳自己想像的還要重。只要妳了解這一點，妳就會知道，沒有什麼會比肩負起口訣的傳承更加困難的了。懂嗎？」

雖然不是真的懂了，不過曉潔也知道，此刻的自己沒有別的選擇，如果不想辦法振作起來，那麼犧牲的將不只有自己的性命，還有所有入滅的人的性命。

因此，曉潔點了點頭。而也正是因為知道曉潔最後一定會做出這樣的選擇，阿吉才會願意將口訣傳授給她。

人生的一切，都在於選擇。

這也是呂偉道長，再三重複告訴阿吉的話。

2

在決定分頭進行之後，兩人約定好碰頭的時間與地點，洪老師便與曉潔分別從室內體育館的前、後門離開。

為了讓曉潔可以更方便行動，加上在場的同學暫時對曉潔還有些疑慮，所以就由洪老師來帶上這些同學。

洪老師等人才剛踏出前門，就來到了一個完全不一樣的地方。

出去之後原本應該是走廊，可是眾人走出門口，就發現並沒有離開室內，只是當洪老師還在想這到底是哪裡的時候，後面一個學生就叫出聲來。

「這裡是福利社！」

「妳啊，就算是到了地獄也會先找福利社。」

其他人聽了都不免笑了出來，但這卻讓洪老師感到無奈，這群女孩對於現況也太過遲鈍了。

正如那女孩所說的一樣，這裡正是學校的福利社，不管是對學校還是對口訣的熟悉度都遠遠勝過曉潔的洪老師，立刻知道這裡不會是自己想要久待的場所。

而且就算現在這裡是安全的地方，他們也必須盡快找到所有人才行。

因此對於其他人起鬨想要補充點食物跟飲料的要求，洪老師也制止了，畢竟於滅之中萬物俱變，天曉得那些食物有沒有什麼問題。

就這樣催促了學生們一陣子，眾人才依依不捨地走到福利社的門口。

現在入滅已經過了一個時辰以上，環境已經產生了許多變化，而且沒有邏輯可言，如果想要快點找到其他失蹤的同學，就需要不斷的前進。

在確認過沒有人被遺留下來之後，洪老師要大家盡可能跟緊一點，然後率先走出福利社。

剛走出福利社，就聽到了一陣騷動的聲音，定睛一看，原來前面不遠處，有一群人正在互相拉扯。

一看到這樣的情況，洪老師立刻感覺到不妙，因此一確定所有人都過來了之後，立刻朝那群人跑過去。

只見幾個班上的學生，正跟一個男人在互相拉扯，洪老師仔細一看，差點沒暈過去，原來那男人，竟然是金髮的自己。

而那幾個學生正是剛剛被假阿吉抓走的阿吉後援會成員，或許是一次拉了太多人，導致一時之間場面有點混亂，因此即便眾人已經被一把抱住，全部都被傳送到這裡，但是假阿吉卻完全沒有辦法控制住她們。

眾人在那邊你拉我扯，雖然不至於搞得衣衫不整，但卻是一團混戰，看起來就好像在玩什麼成人節目舉辦的遊戲一樣，實在有礙觀瞻。

洪老師衝過去，一腳對準了目標，朝著假阿吉的臉上用力踩下去。

假阿吉在眾人的胡亂拉扯之下，完全沒預料到會突然有人朝自己的臉上踩，因此就這麼被洪老師準確地一腳踩倒在地上。

「我……弟弟都沒有這種膽量可以像你這樣左擁右抱，」洪老師對自己腳下的假阿吉啐道：「你這冒牌貨倒是抱得很大方嘛？」

「老師？」徐馨從一陣混亂之中，抬起頭來看到了洪老師：「你、你為什麼在這邊？」

除了徐馨之外，其他人也陸陸續續從混亂中清醒過來，站起來整理自己亂掉的服裝。

「進來救妳們啊。」

「所以，」徐馨看著被洪老師踩著的阿吉說：「這個阿吉是假的囉？」

雖然前面聽過曉潔這麼說，但眾人還是有點半信半疑，不過現在看到洪老師竟然踩著阿吉，可信度當然就大增，畢竟洪老師是阿吉的哥哥，總不可能真的去傷害自己弟弟吧？

「當然，我……」洪老師很勉強地忍住差點說錯的話：「弟弟才沒有那麼低級。」

就在洪老師這麼說的同時，突然覺得腳一空，向前傾了一下，低頭一看，原本應該被踩在腳下的假阿吉，這時已經完全不見人影了。

「快退下！」洪老師回頭揮了揮手，要阿吉後援會的成員們退去跟其他同學一起。

洪老師非常清楚這裡也不是安全的地方，至少對這些滅魅來說，這裡依然可以活動。

洪老師警戒地看著四周，因為他非常清楚，對方既然閃開了，就是要對自己發動攻擊。

阿吉後援會的成員與其他同學會合之後，一起在遠處看著洪老師這邊。

這時原本寧靜的空間，傳來了阿吉後援會一陣騷動的聲音。

「大家放心！」樂天派的黃春羽安慰著眾人說：「老師一定已經告訴阿吉了！既然老師來了，阿吉肯定也會來救我們的。」

……真是自作孽啊。

聽到黃春羽這麼說，洪老師心中有了這樣的想法。

自己千辛萬苦進來，結果眾人期待的卻是另外一個人，這種感覺實在很不是滋味，不過完全是自作自受，所以洪老師也沒有什麼話說。

現在的他，只能專注於眼前，不知道那個逃掉的滅魅又會出什麼花招。

在過去，阿吉與呂偉道長一起面對過至少數以十計以上的滅，尤其當初在易經之禍時，光是天滅魔之陣就破了至少四個，但是不管哪一次，阿吉都是在外面跳鍾馗的那一個，實際上入滅這卻是頭一遭。

即便是呂偉道長，每一次入滅也都是拿命去拚的，因此洪老師完全不敢大意。

但是聽到阿吉後援會在那邊東一句阿吉，西一句阿吉的，讓洪老師還是感到有點心煩意亂，無法專注。

這時突然看到左方出現一個身影，洪老師立刻朝身影衝過去，他不打算給對方魅惑自己的任何機會，一衝到身影旁，掄起拳頭立刻朝身影揮過去。

那身影見到阿吉衝過來，也半蹲下來，準備迎戰，並且張開了嘴說：「阿吉啊，我對你……有點失望呢。」

聽到這句話，洪老師內心一懍，原本應該揮下去的拳頭，硬生生又抽了回來，但是對方可就沒有那麼客氣了，一個掌底準確地打在洪老師的下巴，打到洪老師整個人幾乎快要在空中翻轉了一圈，重重地摔在地上。

這一掌打得十分有力，洪老師一時之間竟然眼冒金星，整個視線都有點模糊了，耳中只聽到學生們的尖叫聲。

「老師你真的不行！快點叫你弟弟來啦！」

「老師！這裡真的很危險！你還是快點想辦法找阿吉來吧！」

洪老師勉強想要從地上爬起來，在視線模糊的此刻，卻只聽得到那些後援會的聲音。

「妳看吧！我就說老師不行，這種事情真的要阿吉比較擅長！」

「對！我們要對阿吉有信心！他一定會來！就算不是因為我們，老師是他的哥哥，他也不可能放任他哥哥不管！」

「他一定已經在裡面了吧！」

「我們一起向他求救，他說不定會聽到。阿吉！阿吉！快來啊！阿吉！」

這時不只有阿吉後援會的成員，就連那些根本不知道阿吉是誰的同學，也跟著叫了起來，似乎感覺只要阿吉這個人真的來了，大家就有救了一樣。

「看樣子，」那身影走到了洪老師的身邊，低著頭說：「對你失望的人不只有我喔。」

那熟悉的聲音這麼說，但是洪老師卻沒有仰起頭來看著他臉龐的勇氣。

當然洪老師非常清楚，這傢伙絕對是滅魅所變。

明明是假的，但是一股哀傷卻是真實從心中湧了出來。

因為眼前的這個身影，正是洪老師，也就是阿吉這一輩子最尊敬的人——呂偉道長。

3

有別於洪老師那邊與呂偉道長陷入天人交戰，曉潔這邊可以說是順利很多。

兩人在體育館分別之前，洪老師在看過曉潔身上帶了哪些東西之後，也交給了她一些東西，那些都是洪老師從外面帶進來，對於入滅來說非常有幫助的法器。

除此之外，情況也剛好跟曉潔所想的相反，在經過了滅魅的誘拐之後，幾乎所有被帶走的同學都嘗到了苦果，因此都非常後悔自己沒有聽曉潔的話，所以曉潔非但沒有失去同學的信任，反而讓這些被抓走的同學更加信服。

曉潔獨自一人走出體育館的後門，一踏出去便來到了此時此刻滅魎的活動地點。

魆魎是在魆陣中徘徊的小鬼，兩兩成對因此為名。

比起其他三種鬼，魆魎就好像魆中的嘍囉，沒什麼特別的伎倆，幾乎都是以數量取勝。

曉潔一走出體育館就發現自己身在商業經營科教室外的走廊，十多個魆魎就這樣在走廊上徘徊。

一開始看到這數量曉潔當然有點緊張，但是一來因為得知阿吉已經進來，讓曉潔比較有信心一點，二來現在的她實在有股難以言喻的怨氣需要宣洩一下，因此曉潔並沒有退縮，反而迎上前，準備拿這些小鬼來當作自己練習的對象。

對曉潔來說，口訣倒不算是什麼太大的困難，雖然在只有兩個多禮拜的情況下，不能有任何的紀錄卻要背下將近十萬字的口訣，的確連曉潔都覺得吃力，但是相比之下，不管是操偶還是像魁星七式這種比較需要靠身體來記憶的部分，曉潔還是覺得困難許多。

光是要記得那些腳步跟手法，就已經讓曉潔一個頭兩個大，更何況要像剛剛一樣在實戰中使用，對曉潔來說簡直就是不可能的任務。

因此剛剛在體育館，光是魁星起手式這麼簡單的一個動作，都可以讓曉潔踢個半天，像是在跳什麼詭異的舞蹈一樣。

不過此時非彼時，相對之下已經冷靜許多的曉潔，面對這些迎面而來的小鬼，正好可以拿來練習她非常不擅長的魁星七式。

走廊上的滅魎看到了曉潔立刻一擁而上，不過這些小鬼沒有什麼特別的伎倆，只會打人與拉人，兩兩成對的滅魎，一個會盡可能將手無寸鐵的人拉住，另一個便趁機打人，這就是它們的特色。

一向以數量取勝的滅魎，在面對一些有道行的道士時，幾乎都起不了任何作用，因此對曉潔來說，的確是最好的練習標的。

曉潔一拳一腳冷靜地對付著這些迎面而來的小鬼，幾乎每使出魁星七式，都可以擊退一堆小鬼。

就這樣一路從起手式打到收工，整條走廊幾乎都是被打到七葷八素的滅魎。

這讓曉潔信心大增，也讓曉潔見識到魁星七式的威力，即便是像自己這樣沒有什麼特別功力的一般女高生，也可以發揮出莫大的功力。

在突破了滅魎的走廊之後，曉潔才剛下樓梯，就聽到了同學的呼救。

「救我！曉潔！」

曉潔朝聲音的方向一看，果然看到了幾個剛剛在體育館時被拉走的同學。

這些同學面對丕變的親人，早就已經亂成一團，並且後悔自己沒有聽曉潔的話，這時又看到了曉潔，當然不停地求救與道歉。

而曉潔這邊，面對這些露出真面目的滅魅，也有了許多法寶，這些當然都是阿吉從外面帶進來分給曉潔的。

只見曉潔這邊拿出了阿吉給的法器，對抗滅魅最有用的八卦鏡，加上自己帶在書包裡的銅錢劍，先照再砍幾乎可以說是一刀一個地解決了滅魅，救出了那些被滅魅纏身的同學。

當然曉潔威風凜凜的模樣，也的確讓這些同班同學看傻了眼。

雖然過去知道曉潔在學校算是個風雲人物，但是絕對沒有任何人想像得到曉潔可以像道士一樣斬妖伏魔。

類似這樣的情況一連發生了好幾次，過了幾個地方之後，轉眼間曉潔這邊的人數竟然已經比當時跟洪老師一起離開的人還要多出一倍。

帶著幾乎等同於全班半數的同學，讓曉潔開始戰戰兢兢了起來，畢竟現在如果發生什麼意外可就不是只有自己倒楣了。

不過比起先前帶著全班同學前進的時候，此刻人數少了將近一半，加上同學們對曉潔的信任感大增，因此帶隊方面變得簡單許多。

曉潔一揮手，所有人就會停下腳步，沒有什麼人在交談，每個人都跟隨著曉潔的腳步，一路上也算是順遂。

曉潔就這樣帶著眾人，穿過一個又一個的校園角落，期望可以早一點與洪老師那邊會合。

其間曉潔曾經點了一下人數，加上跟著洪老師一起行動，原本就沒有被滅魅帶走的那些同學，差不多就只差阿吉後援會的那幾個人了。

考量到她們也有可能已經與洪老師那邊會合，因此曉潔希望可以快一點走到跟洪老師約定好的集合地點，行進的速度也開始逐漸加快。

就這樣穿過了幾個不算危險的場所之後，眾人下了樓梯，突然來到一個完全沒有看過的地方。

「這裡是哪裡啊？」

曉潔定睛看了一下四周，這裡看起來的確不像是任何自己知道的學校角落。

四周的牆壁看起來像是木製的，給人有種老舊的感覺，燈光雖然仍舊是一片暗紅，可是還算是明亮。

從牆壁的材質可以看得出來，這裡跟學校其他地方有著明顯的不同與落差。

曉潔仍然按照慣例，點了一下人數，確定所有人都有跟上之後，本來還打算如果真的不對勁，就要帶大家回頭，誰知道調頭一看，眾人剛剛進來的入口已經消失不見，只剩下一堵牆。

既然沒有退路，曉潔也只能帶著大家找其他的出口。

因為根本不知道這裡是哪裡，所以也不知道方位，自然就不知道這裡在此時此刻算不算安全。

因此曉潔要大家跟緊自己，絕對不要私自行動。

曉潔帶著眾人，沿著這個空間的牆壁走，希望可以找到出口，就在這個時候，房間中央有了一點異狀。

在這個大約二十多坪的空間之中，有著一種完全不同於其他地方的氣氛，雖然沒有任何裝潢，看起來的確有點像是年代久遠的教室，不過以氣氛來說，比起教室這裡更像是一間佛堂或道觀。

而產生異狀的地方，就在房間的正中央，地板上有一團黑影正緩緩地浮現出來。

最先發現異狀的是跟在隊伍最後面的一個同學，她看到那團黑影，立刻拍了拍前面的同學，就這樣一個傳一個，最後傳到了走在最前面，一直在找尋出口的曉潔。

曉潔順著同學所指的方向看過去，跟其他人一樣看到了那團黑影之後，內心有一種非常不好的預感，於是她揮了揮手，要同學們在原地等待，然後自己靠過去看看，好不容易看清楚，曉潔立刻倒抽一口氣。

在暗紅色的燈光之下，實在很難看清楚每個東西，因此當曉潔逐漸靠近那個黑影的時候，才發現那個黑影實際上看起來就像是一個人蹲在地上的模樣，不過讓曉潔倒抽一口氣的原因，並不是這個黑影是個人，而是那人蹲著的地板上，有一圈看起來就像是咒文的圖案。

由於圖案是暗紅色的，在同樣是暗紅色的燈光之下，實在很難看得清楚，因此必須要靠近才會發現。

一看到那咒文的圖案，曉潔立刻會意過來，不但了解這個房間是什麼地方，更了解那個黑影是何方神聖了。

只是曉潔不解的是，明明入滅的時間還不算長，為什麼這個房間與黑影已經出現了？這個房間是所謂的滅之主間，而地上的那個黑影，正是準備降臨的滅之主，也就是俗稱的滅頭。

正所謂鍾馗派常說的「怨有頭、滅有主」，簡單來說就好像怨有源頭一樣，滅也有主人，而這個滅陣的主人，就是那個蹲在地上的黑影。

只是跟怨不一樣的地方是，怨是有了源頭，才能匯集出怨氣之靈，而滅之主多半在滅形成之初，還不會存在於滅之中，而必須經過一定的時間才會誕生於滅。

滅之主的形象非常多變，有些甚至不是人形，但主要還是會跟著滅陣的種類而有所不同，寫下什麼樣的滅陣，就會有什麼樣的滅之主，滅之主的形象多半與佈陣者或者滅陣的催生者有著類似的模樣。

在洪老師入滅之後就有跟曉潔說過，這個陣是天滅魔之陣，這代表著眼前的這個黑影，就是所謂的天滅魔。

這可以說是滅之中最危險的地方，當然這是在滅之主誕生之後的事，眼前這個黑影似乎還沒成形，這意味著眾人還有一點時間可以趕快離開、逃離這裡。

不過當滅之主誕生之後，滅就會丕變，連原本還算好應付的四種鬼也會變得殺傷力大增。

因此，一旦出現滅之主，就表示距離最終時刻也近了，這正是這種特殊的靈體被稱為「滅」的原因，到了最終時刻，萬物、萬靈俱滅，這就是滅的盡頭。

弄清楚一切之後的曉潔，小心翼翼地退回到同學們身邊，並且帶著同學們加快腳步，好不容易在其中一面牆壁的位置，找到了一扇可以出去的門。

對曉潔來說，所剩的時間可能遠比自己想像中還要少，她必須盡快帶著這些同學與洪老師那邊會合，然後在滅之主誕生之前趕快逃離滅陣才行。

曉潔帶著同學立刻穿過那扇門，逃出滅之主間，誰知道才剛逃出來，曉潔就知道事情沒那麼簡單。

逃出滅之主間的眾人，來到了學校的中庭廣場，以此時此刻來說，這裡也算是危險的地方，是四種鬼魂之中的滅魑活動旺盛的地點。

果然，當曉潔一抬起頭來，立刻看到了一個又一個青面獠牙卻完全沒有眼睛的怪物，宛如一株又一株生長在中庭的植物一樣，遍布中庭的每一個角落。

滅魑無目，聞聲而動，它是四種鬼魂之中最有殺傷力的一個。可是因為沒有眼睛的關係，如果小心一點，不要發出任何一點聲音，眾人可能還有機會可以全身而退。

這真的可以說是在最壞的時間點碰上了最糟糕的情況，因為曉潔不可能退回滅之主間，只能選擇繼續往前走，加上現在時間又很緊急，卻到了這個完全急不得的地方。

曉潔抿著嘴，考慮了一會之後，還是決定只能硬闖了。

畢竟眾人已經沒有退路，總不能一直在這裡耗著，如果想要逃出去，真的只有硬闖一條路了。

曉潔把身邊的幾個人集合在一起，然後壓低聲音，只用氣音對眾人說：「現在開始絕對不能發出任何一點聲音，不管看到什麼或發生任何事情，都不能有半點聲音。大家排成一排，等等就踮著腳尖，小心地跟著我走。」

接著曉潔要這幾個人，把訊息往後傳下去。

會需要踮著腳尖走，主要是因為鬼魂對人腳跟著地的聲音特別敏感，加上由於此刻滅魑分布的範圍非常廣，而另外一邊的出口又剛好在對角，為了避免夜長夢多，曉潔待會打算以切西瓜的方式，直接穿過中庭，到時候肯定會跟那些滅魑擦肩而過，因此哪怕是一點細微的聲音，都可能會引來難以挽回的災難。

現在的曉潔也只能祈禱一切都可以順順利利，大夥等等都可以冷靜，不會發出任何一點聲音。

4

「阿吉啊，」呂偉師父的臉浮現在洪老師的眼前：「我對你……有點失望呢。」

這句話，呂偉道長的的確確跟洪老師說過。

這就是滅魅恐怖的地方，它總是可以探知人的內心，找出弱點。

當年呂偉道長的這句話，一直烙印在洪老師的心中，因此當滅魅化身成為呂偉道長說出這句話的時候，對洪老師來說，真的有很大的打擊。

也因為這樣的打擊，讓洪老師面對眼前這個有著呂偉道長形象的滅魅，完全沒有辦法回擊，只能單方面的挨打。

就連其他在旁邊觀看的學生們都覺得情況真的很不妙，看來洪老師被這個上了年紀的道長帶走，似乎只是時間上的問題了。

當然，沒人能夠理解洪老師此刻心中的痛楚。

打從呂偉道長收阿吉為徒之後，兩人就一直有著非常良好的師徒關係。

對呂偉道長來說，阿吉是個非常好的徒弟，有天分又肯學習，雖然偶爾調皮，但還算是聽話。

對阿吉而言，呂偉道長也是個非常好的師父，可以包容自己，並且相信自己。

不過這樣一對感情良好的師徒，卻在兩件事情上面有著天差地遠的想法，也因而起了兩次嚴重的爭執。

其中一次爭執，是對一個人的看法，另外一次爭執，則是在事情的處理方面。

而這句話，就是在對一個人的看法有分歧的那一次，從呂偉道長口中所說出來的。

然而一直到現在，阿吉還是不知道，到底這兩件爭執，孰是孰非。

呂偉道長也一直很尊重阿吉的想法，他從來就不曾想要去改變阿吉，但是對這兩件事情，呂偉道長有自己的堅持。

有別於呂偉道長的堅持，一直到現在，阿吉都還不知道當初自己的想法到底是對是錯。

也正因為如此，當滅魅說出這句話的時候，又再度勾起了洪老師心中那個屬於阿吉的疑惑。

雖然還沒有任何證據，不過隨著這些災難一場又一場的降臨，就連洪老師都開始懷疑，這一切會不會真的跟那個十年之約有關。

那個十年之約，正是兩師徒在爭執之下，最後互相做出的妥協與讓步。

而現在洪老師已經開始懷疑，自己當初的堅持是不是真的錯了。

看著眼前的呂偉道長，洪老師的心中百感交集。

不曾入滅的洪老師，就算口訣之中有記載，他也不敢相信滅魅可以幻惑一個人到這種地步。

畢竟眼前的呂偉道長可不只有外貌一致，就連他在對付洪老師的時候所用的拳腳功夫以及一些習慣性的小動作，也都跟自己的師父如出一轍。

感覺就好像呂偉道長真的復活了一樣，這讓洪老師完全沒辦法對他動手。

呂偉道長幾乎每一拳、每一腳，都可以準確又紮實地打在洪老師身上，在其他學生的眼中，這根本不算是一場戰鬥，而是單方面看著自己的老師被眼前這個中年道士毆打的模樣。

雖然這些學生對洪老師沒有什麼特別的情感，但是看到自己的導師為了拯救她們，奮不顧身進到這種地方來，還被一個中年道士毆打，多少都會為他感到不捨。

「老師小心啊！」

「不要只是被打啊！還手扁他啊！」

即便在學生的一片加油聲浪之中，洪老師仍然沒能從這樣的絕對劣勢站起來。

眼看洪老師被打得鼻青臉腫，而那中年道士下手也一招比一招狠，再這樣下去，洪老師可能隨時都會被打死，那些阿吉後援會的人又開始招喚起阿吉了。

「阿吉！你再不出現！你哥就要被打死了啦！」

「阿吉！求求你快點出現吧！」

這時就連旁邊的同學也按捺不住性子，開始問起阿吉的事情來了。

「妳們一直叫的阿吉到底是什麼人啊？」

這句話不問還好，一問之下，那群阿吉狂熱份子，立刻開始七嘴八舌地述說著阿吉有多麼神，是如何在妖魔鬼怪之中把自己救出來的經歷。

剎那間，還真沒有人注意到洪老師還在被那中年道士追打，甚至整個被打趴在地上的情況。

等到眾人轉頭回來的時候，洪老師已經失去了抵抗力，整個人被打倒在地上，完全沒有動彈。

那中年道士當然不會給洪老師機會，走到已經倒在地上沒有動靜的洪老師身邊，彎下腰伸手朝洪老師的頭上抓去，似乎準備就這樣把洪老師拖走。

看到這一幕，所有人都急了，但是也莫可奈何，雙方有一段距離，就算現在跑過去恐怕也來不及阻止這一切。

而就在那中年道士的手即將碰到洪老師的頭髮之際，原本躺在地上毫無動靜的洪老師，突然縮起了腳，然後猛力一蹬，朝那中年道士的臉上踢過去。

這一下來得突然，不只學生們感到驚訝，就連那中年道士也完全沒有料到，就這樣穩穩的被洪老師給踢中。

這一踢不只有攻擊，洪老師還藉由這股力道，將腰一挺，整個人翻了起來，就好像鯉魚打挺的動作一樣。

中年道士被洪老師這一腳踢倒，而洪老師也順勢翻起身來，整個局勢瞬間有了一百八十度的大轉變，轉眼之間，竟然變成了洪老師站著，那中年道士躺在地上的情況。洪老師的腳就好像沾了強力膠一樣，從踢到之後就一直黏在那中年道士的臉上，直到對方倒地，也仍然踩在上面。

鍾馗派並沒有特別記下用來收服滅陣中魑魅魍魎的口訣，頂多就只有提到四種鬼的特性與弱點，因為只要稍有道行的道士，要解決這四種鬼都不會有太大的問題。因此以洪老師的道行來說，本來就不是滅魅可以應付得了的對手，如果不是因為內心極度困惑，洪老師也不可能被區區一個滅魅打成這樣。

現在洪老師用腳踩住了對方的臉，那張讓洪老師極度困惑的臉孔也消失在眼前。

「你犯了一個最嚴重的錯誤，」洪老師淡淡地對著被他踩在地上的滅魅說：「那就是我師父這輩子從來沒有打過我。」

過去不管阿吉再調皮，呂偉道長也從來不曾動手打過他。

「會一直遲遲不肯動手，」洪老師一臉哀傷地說：「只是因為我想要多看師父一眼，如此而已。」

洪老師說完之後，腳下用力一踩，直接便將滅魅的頭整個踩碎，連同呂偉道長的身影也一起消失得無影無蹤。

雖然被打得鼻青臉腫，但是整體來說，只是一些皮肉傷，並沒有太嚴重的傷勢，因此洪老師稍微調整一下心情之後，便將學生集合起來，準備繼續出發找尋剩下的人。

至於那些阿吉後援會的成員，當然找到機會便一直吵著要找阿吉。

為了安撫那些躁動的阿吉後援會成員，洪老師只能謊稱阿吉的確已經進來了，只要她們好好跟著自己，就能跟阿吉見到面。

這恐怕是唯一讓這群不要命的小女生可以冷靜下來的辦法了。

洪老師就這樣帶著這些女學生，繼續開始尋找其他人的下落。

眾人在洪老師的帶領之下，一路經過了幾個地方，但是都沒有發現其他同學的行蹤。

當然洪老師這邊不知道的是，就在剛剛跟那個化身為呂偉道長的滅魅纏鬥之際，曉潔那邊幾乎就已經找到了大部分的同學。

眼看時間一分一秒過去，洪老師也只能乾著急，並祈禱其他人都在曉潔那邊了。

就在洪老師這麼想的時候，他帶著後面的學生，一走出教務處，眼前突然一亮，所有人一眼立刻就認出這裡是學校的中庭，但是眼前的中庭，竟然是一片混亂至極的場面。

5

這樣的恐怖混亂，絕對不是曉潔的計劃。

就曉潔所學的口訣與常理來說，她的決定絕對不能說是錯的，問題就在於帶著超過十五個高中女生，要完全無聲無息地穿越這些外貌恐怖、姿態詭異的滅魑叢林，恐怕本身就是一項不可能的任務。

等到曉潔交代的話傳到最後一個人的耳中之後，十多個女生排成了一條直線，後面的人雙手搭著前面的肩膀，踮起腳尖，由曉潔帶頭，準備穿越這個由滅魑所組成的恐怖叢林。

即便已經事先告訴所有人，絕對不能發出任何聲響，但是有些時候要控制那些因為驚嚇而產生的聲音，遠比想像中還要困難，曾靖薇就是最好的一個例子。

曾靖薇從小膽子就不大，雖然個頭不算嬌小，但膽量卻是出了名的小，不要說看恐怖片了，就算是動作片，只要有點驚險的場面，她絕對是扯破嗓門幫主角尖叫的那一個。她更是那種大家聚集在一起想要說鬼故事，還沒開始就已經在哀號的人。

光是入滅之後，曾靖薇就已經被這詭異的環境嚇到不斷尖叫，一路叫到聲音都沙啞了。現在要跟著所有同學一起穿過這些恐怖怪物所組成的森林，曾靖薇光是能夠讓自己站著沒有暈過去，就已經算是很優秀了。

曉潔當然很了解自己的同學，因此才會選擇以後人搭前人肩膀的方式來前進，這樣就算不看前方，只要看著地板，順著前面的人的腳步前進，應該也不會有太大的問題，眼睛不亂看的話至少可以降低一些恐懼感。

就像在練習兩人三腳一樣，稍微試走了一下，確定大家排好隊，而且前進無礙之後，曉潔便率領著這條宛如蜈蚣的隊伍，直直朝著中庭中央而去。

滅魑真的就像樹木一樣，隨機站立在中庭的各個角落，曉潔試圖盡可能遠離這些滅魑，但是也實在因為這些怪物太過於密集，因此根本沒有一條所謂理想的道路。

因為踮著腳尖的關係，讓眾人看起來就好像一個竊盜集團一樣，躡手躡腳地穿梭在這恐怖的滅魑森林之中。

曾靖薇排在隊伍中段的部分，雖然已經盡可能不要去看，但光是剛剛踏進中庭時不小心掃視到那些恐怖的臉孔，就已經足夠烙印在她的腦海中了。

滅魑那張沒有眼睛的藍色扭曲臉孔，加上那兩根尖銳向上長出嘴外的牙齒，比曾靖薇所做過任何惡夢中的妖魔鬼怪都還要嚇人，再搭配上滅魑那奇形怪狀的高大身形，就算放入電影隔著一個銀幕，都足以讓曾靖薇嚇到尖叫連連了，更遑論要步行在其中。

雖然已經很膽小了，但在曾靖薇的人生中，還沒有那麼驚恐過。而現在又被迫要緊閉著嘴，不能發出任何一點聲音，那難度就好像對著一個非常怕癢的人搔癢，卻要他裝作沒事，不能有任何動靜或發出聲音一樣，說得簡單，做起來卻有如登天之難。

即便是看著地板，專注在前面同學的腳步上，曾靖薇還是沒辦法不去注意到那些暴露在眼角餘光的藍色赤裸恐怖大腳。

隨著那些大腳越來越多，有些甚至已經近到只差兩、三步的距離，心中那股想要叫出聲來的欲望也越來越強烈。

再這樣下去，自己肯定會因為受不了而尖叫。

有了這種想法的曾靖薇，內心的緊張感也逐漸攀升，但是越緊張就越難壓抑那已經湧到了喉頭的尖叫聲。

為了壓抑這即將破口而出的尖叫，曾靖薇趕忙閉上雙眼，希望可以藉此來驅趕心中的恐懼。

然而這個舉動，卻為一場難以控制的災難揭開了序幕。

本以為閉上雙眼可以眼不見為淨，壓抑住恐懼感的曾靖薇，卻發現才剛閉上眼，腦海裡面反而不受控制地浮現出了那張恐怖的滅魎臉孔，除此之外，失去了視覺也讓曾靖薇更加恐慌，雖然只是極為短暫的一瞬間，但已經足以讓她失足踩到前面同學的腳踝。

雖然不像曾靖薇那麼害怕，但是在這樣的環境之下，前面同學的心理壓力也沒比較小，縱使沒有強烈的尖叫欲望，眼神還是盡可能避免與那些恐怖的臉孔有所接觸。

一直專注在不要發出聲音與腳步，腳踝卻冷不防被後面的人踩了一下的她，不但嚇了一大跳，喉頭也忍不住發出了「嗯」的一聲。

這顯然完全是個意外，她立刻用手摀住自己的嘴，深怕剛剛那一聲已經徹底破壞了眾人的計劃。

結果更糟糕的是，因為鬆手沒有扶住前面同學的肩膀，加上剛剛被踩而打亂的腳步，讓她也不慎直接朝著前面同學的腳給踩了下去。

這一踩可不比剛剛只是頓了一下，前面的同學突然踉蹌了一下，竟然一個重心不穩，整個向前傾倒。

因為傾倒的關係，雙手很自然反射想要出力幫自己保持平衡，可是這一用力之下，竟然就把前面的同學也跟著拉倒了，之後就好像骨牌效應一樣，一個拉一個，隊伍從中間部分開始倒成一團。

這時不要說有沒有人發出聲音了，光是這倒成一團的聲響，就已經足夠吸引滅魑的注意。

原本站在原地不動的滅魑，頓時紛紛轉過身來，有幾個距離比較近的甚至已經開始揮舞著一雙巨大的臂膀，朝著隊伍這邊而來。

也不知道是誰發出了第一聲尖叫，只知道在第一聲尖叫過後，此起彼落的尖叫聲浪便緊接而來。

在前面領頭的曉潔，原本還不知道中間的隊伍已經潰不成軍，聽到尖叫聲時猛一回頭，後面已經是一團混亂，就連滅魑也跟著動了起來。

眼看滅魑靠近，所有人當然驚慌失措，幾個比較沉不住氣的同學，竟然開始拔腿逃跑、四處逃竄，場面就這樣瞬間失去了控制。

面對這場完全在預料之外的災難，曉潔一時之間整個人也愣住了。原本雖然有想過突發狀況的備案，萬一有同學不小心發出聲音，她已經告訴跟在她後面的康樂股長阮侑淳，必要的話就換成她帶隊，自己則回頭去解決，誰知道這一回頭，面對的竟然已經是如此混亂的場面。

心慌之下，曉潔也真的是腦袋裡面一片空白，不要說口訣了，就連身為一個普通人的反應都沒有，只是愣愣地站在原地。

是我的錯……都是我……才會讓大家陷入這樣的困境之中……是我的錯。

愣了一會之後，曉潔腦海裡面只有不斷反覆浮現出這樣的想法。

「用露水！」

一個聲音劃破這吵雜的環境，傳入了曉潔的耳中。

猛一轉頭，在她們的目標出口，果然看到了洪老師帶著其他同學就出現在那裡。

滅魑最怕的就是朝露，這點曉潔當然知道，畢竟在口訣裡面有提到，不過當時就是為了避免這種場面，才沒有選擇用朝露強行突破。一旦用了朝露，一來肯定會讓所有的滅魑都動起來，二來朝露有限，而且還是阿吉帶進來分給她的，說不定眾人還沒有突破到對面，朝露就已經用光了，因此曉潔才會選擇用靜音的方式通行。

不過眼看現在已經亂成一團，當然就沒差了。

曉潔從袋子裡面拿出露水瓶，另外一隻手拿著銅錢劍，立刻衝到一個被滅魑抓住的同學旁邊，一手灑露水，另一手的銅錢劍就直接朝滅魑身上劈去。

滅魑被露水灑到，立刻發出痛苦的哀號，曉潔一刀劈下去，逼得滅魑不得不放手，也順利救出了被滅魑緊緊抓住的同學。

另外一邊的洪老師，雖然一進來時的確也被眼前的混亂場面給嚇到，不過比起曉潔，洪老師終究算是老江湖，立刻發聲提醒曉潔，同時也開始清除在出入口附近的滅魑。

在很短的時間裡面，洪老師就已經清出了一小塊安全的區域。

「都過來這邊！」洪老師大聲地對著在場所有同學叫道。

幾個比較靠近洪老師那邊的同學，也立刻朝安全區跑過去。

洪老師開始朝曉潔那邊移動，並且勉強開出了一條路，讓那些被曉潔救下來的同學可以快點跑過來。

場面雖然一度十分混亂，但是在洪老師與曉潔的合作之下，終於還是勉強控制住了，同學們也陸陸續續抵達安全區域。

最後一批同學也跟著曉潔一起殺出一條血路，然後一起和洪老師回到安全區域，在確定沒有人落單之後，所有同學才在洪老師與曉潔的殿後之下，逃離了中庭，回到了教務處。

在安全來到教務處之後，曉潔跟洪老師又點了一次人數，這下全班總算是到齊了，除了受到驚嚇，還有剛剛在逃亡的過程中受到一些小傷之外，所有人似乎沒什麼大礙。

至此，曉潔與洪老師終於可以稍微喘一口氣，但是兩人也非常清楚，現在絕對不到可以放心的地步。

畢竟眾人還在滅陣裡面，而且在曉潔把自己一度進入到滅之主間的事情告訴洪老師之後，洪老師臉色驟變，立刻要大家準備離開。

畢竟滅之主一旦出現，就表示這個滅即將來到盡頭，屆時不管有沒有被裡面的魑魅魍魎抓住，眾人都會跟著這個滅陣一起消滅。

洪老師走到了教務處的門前，然後從袋子裡面拿出了法索，將法索朝門外打去，法索立刻好像勾住了外門的什麼一樣，被拉得筆直。

接著洪老師便要同學們一個接著一個，拉著法索，就好像被困在暴漲溪水的救援行動一樣，順著法索走出門外。

第一個照著做的同學，一穿過門就立刻發現，眼前並不是剛剛眾人拚命逃生的中庭，而是回到了普二甲的教室。

一回到普二甲教室裡面，大家立刻就發現，在教室的後方，有一片血紅色的咒文寫滿了牆壁。

大家在午睡醒來之後，一直到離開教室的期間，都不曾有人看過這片寫滿咒文的牆壁，因此不免有種不寒而慄的感覺。

當然曉潔非常清楚，這是因為洪老師已經在外面的世界找到了謄寫咒文的地方，只是她做夢也沒有想到，竟然會是在教室後面的牆壁。

在確定所有人都回到教室之後，眼前只剩下一個問題。

曉潔與洪老師都非常清楚，想要破滅就必須裡應外合，畢竟滅是無法靠自力脫困的，至於洪老師進來時所用的法索，頂多只能承受幾個人的力量，要把全班都救出去，勢必得要破陣。

而破陣的方法，就是外面有人可以跳鍾馗，讓陣的威力減弱之後，裡面的人也要破陣，如此一來才有可能讓滅陣出現缺口，讓大量的人逃出去。

只要所有人都出去之後，再將現實世界中的滅陣給摧毀，這樣就算完工了。

可是現在的問題就是，到底誰要出去跳鍾馗？

「還是妳出去吧。」洪老師對曉潔說。

聽到洪老師這麼說，曉潔臉上立刻浮現出猶豫的表情。

「我……不是很有信心可以跳對。」

因為即便到了今天早上出門之前的練習，曉潔還是沒辦法完整地跳完，有些地方仍需要阿吉在旁邊提醒。

畢竟口訣可以硬背，但是跳鍾馗除了步伐、動作、順序等要注意的地方之外，最重要的還是操偶技巧。

比起阿吉小時候第一次接觸戲偶，過沒幾天就可以自己在閒暇時一人分飾三角，獨自演起三國演義中最經典的桃園三結義橋段，曉潔在這方面的天分，真的遠遠不如阿吉。

當然，對於留在滅陣中，等到阿吉跳完鍾馗之後的破陣，曉潔也不是很有把握，畢竟不但沒有經歷過，甚至連練習都沒有練習過。

不過，除了考量到曉潔可以順利完成哪一方面的工作之外，洪老師會做這樣的安排還有另外一個原因。

那就是一旦外面開始跳鍾馗，滅陣裡面也會跟著騷動起來，到時候最少也會面臨到魑魅魍魎群起圍攻，甚至最糟糕還可能會遇到滅之主親臨。裡面必須面對這樣的情況，一直到跳完鍾馗為止。

雙方相比之下，洪老師還是決定讓曉潔出去跳鍾馗。

「妳要相信自己，」洪老師對曉潔說：「回想這兩個禮拜，還有每一次練習的時候，我……弟弟跟妳說過的話，我相信妳一定可以跳完。」

只要戴上那頂假髮，洪老師就還是會習慣把阿吉稱為自己的弟弟，不過平常一定會給白眼的曉潔，在這種情況之下，難得沒有半點反應，只是低著頭。

「我們沒有時間了，」洪老師說：「記住，一定要相信自己。」

曉潔非常清楚，自己沒有太多的選擇，現在也真的只能照著洪老師的話去做了。

曉潔深呼吸一口氣之後，堅決地點了點頭，然後轉向那面寫滿咒文的牆壁。

洪老師見狀，走到後面的牆邊，蹲下去將一條像是繩索的東西拿起來。

等到洪老師走回來，並且把那條繩索拉直，眾人這才看清楚，那條繩索的另外一端，竟然是嵌入牆壁之中，就好像穿透了牆壁一樣。

「去吧。」洪老師將繩索交給曉潔。

曉潔點了點頭，然後拉著繩索，朝後面那片牆壁走去，接著就這樣穿過牆壁，消失在眾人面前，看得眾人目瞪口呆。

當然，如果今天洪老師用的是鍾馗所留下來的四寶之一——鍾馗法索，就可以不需要那麼多步驟，靠著鍾馗祖師加持的法力，光是靠鍾馗法索就能破陣，同時也能當作橋梁，不會像一般的法索那樣，只能承受兩、三個人的力量，而是可以讓所有人都逃出去。

可是，在沒有神兵利器的情況之下，就只能分段進行，而這也是靠著當年呂偉道長在解決滅的眾多經驗中，領悟出來的別道解決辦法。

在確定曉潔出去之後，洪老師知道自己這邊也該有所行動，畢竟接下來絕對不是只要等待外面的曉潔跳完鍾馗就可以了，就剛剛曉潔所描述的來看，相信在這段時間裡面，滅之主肯定會有所行動。

洪老師先把學生都集合在一起，然後要她們盡可能靠近後面的牆壁，接著在她們周圍用硃砂粉圍起來，這樣至少可以稍微有點保護。

在佈好硃砂圈之後，洪老師繼續從袋子裡面拿出一些符咒，希望多少可以加強一下這間教室的安全。

其他人在這情況之下都沒有太多意見，雖然心中有很多疑惑，但此刻都不是提出來的時機，只能靜靜地照著洪老師的指示到後面集合，然後看著洪老師撒下硃砂圈，接著拿出符咒走到教室中央，一蹲下來，所有人幾乎都同時看到了那個在教室講台的黑影。

只有蹲下來貼符的洪老師，根本沒注意到那個在教室前面的黑影。

「老師！前面！」學生們大聲疾呼。

洪老師一抬頭，還來不及看清楚，一陣狂風就這樣迎面吹了過來。

風勢非常強大，不但將地板上那個防護的硃砂圈給整個吹散，更把裡面所有學生吹得東倒西歪，大家跌成一團。

而首當其衝的洪老師，雖然壓低身體勉強撐住了，但不管是衣服還是臉上，都留有強烈的風壓之下劃出來的傷痕。

整間教室的桌椅也被吹得亂七八糟。

等到風勢稍減，大夥紛紛站起來，才張大雙眼瞪著那非常亮眼的東西。

原本蹲在教室中央的洪老師，因為強風的關係，稍微向後退了一、兩步才勉強穩住身子，而那個讓所有人瞪大雙眼的東西，就在洪老師的頭上。

因為這陣風速太過於強烈，使得洪老師那原本應該是黑色蓬鬆的頭髮，瞬間變成了一頭閃亮亮的金髮，就在大家還搞不清楚到底是怎麼回事，為什麼老師的頭髮會從黑變成金時，一團宛如乾草堆的東西滾到了眾人面前。

等到風勢逐漸平息，那團草堆才緩緩停了下來，而眾人也終於看清楚了那團草的盧山真面目——一頂黑色蓬鬆的假髮。

所有人隨即會意過來，而這頂假髮的主人當然也知道了。

不過在這些學生之中，有幾個人卻領悟到了完全不一樣的東西。

一進來就沒戴眼鏡的洪老師，加上此刻被吹飛的蓬鬆頭髮，配上從來不曾出現在洪老師身上的銳利眼神，那個宛如宅男般的洪老師，早就已經不知道去向。眼前的金髮男子，儼然就是那個老是被洪老師稱為弟弟的男子。

「阿……阿吉？」

「老師……就是阿吉？」

阿吉後援會的成員看著眼前這難以置信的場景，紛紛把心中那震撼的事實喃喃地說了出來。

由於這個震撼太過於強烈，徐馨甚至眼珠向上一翻，整個人往後一倒，竟然就這樣昏了過去。

其他阿吉後援會的成員也好不到哪去，幾乎所有人的下巴都像是脫臼一樣，久久合不起來。親眼看著自己的夢想，就這樣被人狠狠地敲碎。

誰能夠想像那個帥氣的阿吉，竟然與頹廢又跟不上時代的洪老師是同一個人？

如果不是眾人親眼所見，就算殺了這些後援會的成員，她們打死也不會承認這兩個是同一個人。

畢竟她們還老是把「真難想像洪老師跟阿吉是同一個媽生的」這句話掛在嘴邊。

此刻擺在眼前的事實，就好像賞了她們一人一個火辣辣的大耳光，不只把她們打醒、打傻，也把她們心中對阿吉的那份憧憬、夢想，全都給硬生生地打碎了。

然而比起因為自己的外貌強烈改變而驚訝不已的學生們，或者是那群因為夢想破滅而下巴脫臼的後援會成員們，此刻阿吉的震驚與訝異，絕對不小於這些人。

阿吉瞪大了雙眼，一臉難以置信地瞪視著眼前那黑影。

雖然不是真實的活人，但是這也實在太……

阿吉會這麼震驚不是沒有原因的，因為黑影的形象正是多年前與呂偉道長齊名，並且引發易經之禍，同時也是這個天滅魔之陣最有名的創造者——劉易經。

第6章・破滅

1

看著眼前栩栩如生的劉易經，阿吉打從心底感到絕望。

即便是入滅，但得要跟被稱為「鍾馗經緯」的人對抗，也完全超過了阿吉所能想像的範圍。

看到劉易經也等於證實了阿吉先前在外面的推測，這個天滅魔之陣，果然出自劉易經之手。

天滅魔之陣是一個只有人為才會產生出來的滅陣，不可能有自然形成的，這點阿吉非常清楚，而因為要催生這樣的滅陣，需要有高強的法力，所以滅之主的形象，多半都是製作者的模樣。

問題就在於，劉易經已經死了那麼多年，怎麼可能還有人可以做出他一手創造出來的滅陣？

雖然當時劉易經有過七名弟子，但是全部都死在「易經之禍」爆發的那一天了，劉易經自己一手佈下的天滅魔之陣中，如果有人僥倖逃出來的話，他的師弟頑固老高他們不可能會不知道。

而且，就算那七名弟子中有人逃出來，按照頑固老高的說法，也不曾有人從劉易經那邊學會天滅魔之陣，不然當時他們身陷其中的時候，就有很大的機會可以逃出來了。

滅的口訣極為複雜，加上闕漏甚多，所以早就沒人有辦法照著口訣來佈陣或破陣，而呂偉道長與劉易經兩人，都是靠自己的經驗與領悟力，硬是將闕漏的口訣補足，尤其劉易經更從口訣之中領悟出佈陣之法，佈下已經數百年來沒有人可以佈下的天滅魔之陣，就連當時的呂偉道長也為此感到驚訝不已。

這到底是怎麼回事？

本來阿吉以為隨著對方下手次數越來越多，自己也會得到越來越多情報，當然幕後黑手的真面目也會漸趨明朗，但眼前的情況卻是更加撲朔迷離。

這已經不是第一次透過邏輯推理導出幕後黑手與劉易經有關了，如果劉易經沒有死，阿吉早就已經衝去他面前找他算帳了。

問題就在於，劉易經當年就已經死透了，而且阿吉還是親眼目睹他慘死在自己的面前。

因此面對這個擺在眼前的事實，卻是讓阿吉陷入更大的謎題，他根本不知道這到底是怎麼一回事。

當然，對方不像阿吉有那麼多的想法與疑惑，劉易經什麼話也沒有說，立刻朝阿吉這邊攻過來。

滅之主是滅裡面威力最強大的一個，基本上魑魅魍魎都只是它的嘍囉，滅之主的力量完全來自於滅陣，換句話說，下陣的人法力越強，滅之主的力量也越大。最後加上滅陣本身的力量，越難佈的陣，威力自然越大。

天滅魔之陣在滅陣之中，屬於最困難的陣之一，所以此刻滅之主的力量絕對不容小覷。

雖然已經有了不好對付的覺悟，但是劉易經的力量還是遠遠在阿吉想像之上。

劉易經一欺過來，阿吉早有準備，腳向前一踢，拳頭也向上一揮，只要一收腳，儼然就是魁星七式的起手式。

但是阿吉的這一腳一拳，不只腳沒踢中，就連拳也沒揮中。腳才剛踢出去，劉易經已經出現在阿吉身邊，拳才揮出去，腹部就被劉易經一拳打中。

不要說縮腳了，阿吉整個人都縮成了一團，一連退了好幾步。如果不是想到這些學生的性命跟自己繫在一起，阿吉可能已經不支倒地了。

劉易經沒給阿吉機會，阿吉才勉強站穩步伐，劉易經的腳已經踢了過來。有了前車之鑑，阿吉知道自己可能拳腳方面討不到便宜，因此不敢冒險主攻，伸出手來護住自己的頭，擋下了劉易經這一腳。

但是因為這一腳的力量太大，阿吉整個人的重心也被踢歪了，這一腳已經接得夠狼狽了，豈料劉易經的拳頭又立刻朝阿吉這邊而來，阿吉根本沒有半點準備，看到拳頭的時候，連躲都來不及躲，頭部就被劉易經擊中。

阿吉整個人被打倒在地上，而劉易經則向後退一步，將腿一縮，擺出了魁星踢斗的姿勢。

阿吉被這一拳險些打暈過去，眼冒金星了好一會，猛搖了搖頭，才好不容易看清楚眼前的景象，當阿吉看到劉易經擺出魁星踢斗的姿勢，整個人都傻眼了。

這是哪門子的恐怖妖孽，竟然大逆不道地反而使出了魁星七式起手式。

阿吉有種師門被人狠狠地踐踏在地上的感覺，劉易經這傢伙實在是大逆不道到了一種難以置信的地步，創造出這樣的天滅魔之陣，讓滅之主都能使用魁星七式？難道說它還會法術不成？

阿吉才剛這樣想，劉易經的腳一踏，一股風壓迎面而來，伴隨著的是一股略帶點甜味的氣息。

見鬼了！

阿吉非常清楚，這種腳踏起香，正是有道行的道士會有的現象。

這傢伙還真的有功力！

阿吉翻起身，這下就算用盡了全力也要想辦法拖住他。

面對這樣一個對手，阿吉知道自己不盡全力的話，根本不可能撐到曉潔跳完鍾馗。

可是即便阿吉拚上了全力，還是連一拳都沒辦法打到劉易經。

畢竟不管是速度還是力量，就連法力阿吉都遠遠不如眼前的劉易經，因此怎麼看都像是阿吉被劉易經單方面的「教訓」。

當然對先前已經看過阿吉被海扁的同學而言，這或許不是一件新奇的事情，但事實上有別於先前滅魅幻化成呂偉道長，阿吉不忍動手，現在是真的實力差距。

只見阿吉不管怎麼進攻，都沒辦法順利打到那個道士，但是反過來對方不管怎麼進攻，阿吉總是會被打中，甚至被打倒在地上。

看到這宛如屠殺般的對決，讓所有同學都為阿吉喊痛，有些膽量比較小的同學，甚至將頭埋到其他同學身上，不忍目睹這殘忍的畫面。

雙方就這樣維持著壓倒性的差距，一連過招數次，最後阿吉整個人被打飛到黑板上，發出了巨大的聲響之後，重重地摔落在地上，似乎失去了意識，躺在地上沒有半點動作。

劉易經也不追擊，冷冷地看了躺在地上的阿吉一眼之後，緩緩地轉頭過來。

解決了一個，還有一整班的學生。

劉易經緩緩轉過身來，光是那兇惡的雙眼，就已經讓這群高中女生害怕尖叫不已，所有人彼此抱在一起，盡可能地擠在後面牆壁上。

劉易經面無表情，緩緩地朝著女學生們這邊走了過來。

每走一步，大夥就擠一次、叫一次。

就這樣走沒幾步，突然一個聲音中斷了眾人。

「喂！你要去哪裡啊！」

這聲音從黑板那邊傳來，不但讓學生們的尖叫停止，更讓劉易經停下了腳步。

講台上，阿吉鼻青臉腫地站在那裡，連衣服上都是血跡斑斑。

「你要去哪裡啊？」阿吉仰著頭說：「你連我都還沒解決咧。」

「老師！」

想不到洪老師還能站起來，讓這些女學生們，個個都興奮不已。

劉易經緩緩地再次轉過身去看著阿吉。

「你的本尊都說了，」阿吉勉強擠出一點笑容說：「如果給我十年的時間，他不見得可以贏過我，現在早就已經超過十年了，你以為我會輸給你這個分身嗎？」

阿吉這句話倒不是虛假，當年的劉易經的確有說過這樣的話，只是有個但書，那就是阿吉需要靠他的操偶技巧，可惜的是，此時此刻阿吉身邊並沒有任何鍾馗戲偶。

「我……很早之前就想要好好揍你一頓了。」阿吉冷冷地說。

阿吉一邊說著，一邊舉起了拳頭，然後突然「啊」的大叫一聲，朝劉易經衝了過去。

這一次就連縮成一團的學生們也都叫出聲來了，她們完全不明白，為什麼明明不是對手，洪老師卻還是能夠這樣站起來，然後一次又一次地撲向對手。

完全不放棄的阿吉掄起了拳頭，不管失敗了多少次，阿吉仍然筆直朝劉易經衝了過去。

劉易經這邊完全不為所動，冷眼看著阿吉，然後在阿吉衝過來的時候，緩緩地舉起了手……

2

曉潔先是愣了一會之後，才確定自己的確已經穿過牆壁，回到了現實世界。

不過還是有點狐疑，畢竟眼前教室的景象的確有點詭異，先不說那些被搬到兩側亂七八糟的桌椅，就連地板上也都是一些剝落的石塊與粉屑，甚至走廊側的窗戶還被人用報紙貼起來，遮住了外面的視線與陽光。

這到底是怎麼回事？這樣搞真的可以嗎？

回過頭看了看後面的牆壁，牆上跟滅裡面的世界一樣，都有著怵目驚心的血色符文。把這一切做個連結，曉潔大概想像得到，這些符文原本被藏在牆壁裡面，是阿吉把外牆剝了才顯露出來。

到底是誰……大費周章地做出這種事情？

曉潔想了一下，立刻搖搖頭，不再去多想，因為這絕對不是她現在需要考慮的問題。

曉潔照著阿吉所說的，在阿吉從車子提來的大袋子裡面，找到了那尊她本來要帶回家練習的鍾馗戲偶。

曉潔必須獨自在這間教室，也就是天滅魔之陣的前面跳鍾馗，鎮壓天滅魔之陣的威力，才有可能用法索將所有同學一起拉出來。

問題就在於，一直到今天為止，曉潔都不曾獨自一個人完整地跳完鍾馗，不過現在也只能硬著頭皮上了。

曉潔拿出戲偶，理好線後，深呼吸一口氣，然後開始跳起鍾馗。

然而操作戲偶這種功夫，絕對不是三天兩頭就可以輕易上手的，更何況跳鍾馗要動的不只有操作戲偶的雙手，還要配合腳下踩的步伐，因此才踏出第二步，曉潔的腳步就跟鍾馗的不同步，因此馬上就失敗了。

「可惡！」

曉潔懊惱地唸了一下自己之後，退回起點，再重新來過一次。

就這樣失敗了就退回第一步，反覆重來了好幾次，曉潔還是沒有辦法跳對。

時間就這樣一分一秒過去，想到外面的時間比起裡面還要珍貴，曉潔擔心阿吉與同學們的情況，反而讓自己更加心煩意亂，完全沒辦法專注。

發現自己急躁的心情只會讓情況更加糟糕的曉潔，稍微深呼吸了幾次，希望可以調適一下心情。

曉潔閉上雙眼，腦海裡面浮現出阿吉教自己跳鍾馗與操偶時候的情況。

「把這些線，當成像自己的肌肉一樣，只要能夠這樣去感受每一條操偶線的變化，那麼戲偶就會宛如自己的手一樣，靈活自在、行動自如。」

聽阿吉說起來簡單，但實際感受起來卻有非常大的難度。

曉潔搖了搖頭，試著去回想自己在什麼都不會的情況下，第一次成功跳完鍾馗的經驗。

那是在幾個月前，芯怡被餓靈纏身的時候，中煞的美嘉在么洞八廟的倉庫裡被一大群鬼魂包圍之際，曉潔情急之下用了阿吉的本命戲偶刀疤鍾馗，雖然一度跳得亂七八糟，但是最後在阿吉的協助之下，兩人也算是順利完成了跳鍾馗。

現在仔細回想之下，似乎可以隱約浮現出當時的感覺。

比起刀疤鍾馗，這尊練習用的戲偶輕很多。

那時候的阿吉是從身後扶住自己的手，因此實際上操偶的人其實還是曉潔自己，但阿吉就是透過曉潔的手，然後扭動著手腕，移動著方向，就這樣隔著曉潔的手腕間接操作戲偶。

這就好像是阿畢曾經說過的，阿吉在無師自通的情況下，學會傳說中操偶的三大失傳技藝之一——以偶操偶。

回想起當時的自己就好像戲偶一樣，順著阿吉的手去動作，印象中當時阿吉並沒有很粗魯的去改變自己的方向，反而有種只是扶著的感覺，一想起那樣的感覺，剎那間，曉潔覺得自己似乎也真的感受到了那些線就宛如肌肉一樣，牽一髮而動全身。

順著這樣的感覺，曉潔不再心急著跳鍾馗，反而是試著讓鍾馗戲偶做出一些比較簡單的動作，像是舉手抬足那樣，比起剛剛跳鍾馗的時候，這些動作看起來都還要來得自在許多。

接著試著轉幾個身、擺擺架勢，就跟當時阿吉扶著自己的手去擺動戲偶一樣，一切都不強求，不試圖去「操作」戲偶，而是自然而然借助著慣性的力量，該怎麼動就怎麼動，不是拉扯著線去操弄戲偶，而是隨著線的收縮，去感受戲偶的一舉一動。

就這樣順著戲偶而動，讓曉潔一時之間還真的有種人偶合一的感覺。

就是這種感覺！

把握住了這種感覺，曉潔立刻踏出第一步。

整場看下來，就彷彿剛剛的一切只是戲偶在暖身一樣，暖身好了之後，也是戲偶在催促著曉潔踏出第一步。

然後第一步之後就是第二步，沒有刻意去看準方位，反而腦海裡面很自然的就浮現出阿吉在那個方位提醒著自己，不只如此，耳邊彷彿也聽到了阿吉的叮嚀。

「在這邊頓一下，然後轉身，腳踏出去，注意自己的手腕，不要太出去，力道要適中，抬腳，然後踏下去。」

腦海裡面每浮現出一句阿吉的話，曉潔就跟著動，幾乎就好像是一種反射動作一樣。

沒有曉潔自己的意識，任憑著腦海裡面的阿吉指示，順著手上戲偶而動，等曉潔回過神來的時候，自己已經來到最後一步了，曉潔甚至沒有注意自己到底跳得對還是錯，但是都已經跳到這裡了，沒有回頭的理由，曉潔毫不猶豫地朝最後一步的方位踏去。

才剛踩下去，就感覺到底下好像有著什麼看不見的東西擋住，這腳怎麼樣都踩不下去，胸口也立刻傳來沉重的悶痛感。

這種感覺曉潔一點也不陌生，因為這與當時成功跳鍾馗所產生出來的感受一模一樣。

曉潔非常清楚，會有這樣的感覺是代表自己的修行不夠，不過現在沒有阿吉，曉潔也只能靠自己。

那股力量非常強大，加上曉潔只要一踏，胸口就好像有什麼東西壓住一樣，非常難受，完全使不上力，曉潔整個人也因此向後仰，感覺就快要被那股力量給彈開。

不踏下去不行，不踏下去的話，死的就是阿吉和全班同學了！

腦海裡面閃過了這樣的想法，讓曉潔咬緊牙根，不管胸口有多麼悶痛，還是使勁地踩下去。

胸口的悶痛感越來越強烈，但是曉潔卻一點也不退縮，反而更加用力地踩，終於，在過了一個點之後，曉潔的腳上突然感覺不到任何一點阻力，用力地踏在地板上，發出了「砰」的一聲巨響。

曉潔感覺到腳底板傳來的劇痛，整個人也愣住了。

這樣一來，跳鍾馗就算是完成了。

但是……我真的跳對了嗎？

曉潔內心湧現了這樣的疑問，仰起頭來看著牆壁上那片血寫的咒文，沒有看到任何異狀。

就在曉潔納悶不已的時候，身後突然傳來了有人鼓掌的聲音。

啪、啪、啪——

曉潔猛一回頭，看到了一個有點意外但卻熟悉的身影。

「阿、阿畢？」曉潔側著頭一臉狐疑地問：「你怎麼會在這裡？」

「剛剛我剛好打給阿吉，」阿畢攤開手說：「阿吉很匆忙，跟我說妳們班入滅了，我很擔心，所以就跑過來看看有沒有可以幫忙的地方。」

「喔，」曉潔用手比著後面的牆壁說：「阿吉入滅了，他把我送出來，我們正要裡應外合，我剛剛跳過鍾馗了，不過我擔心自己跳得對不對，既然你來了，你應該可以……」

「不會，」阿畢點了點頭說：「妳跳得很好，看樣子妳的老師把妳教得很好，我不知道現在的老師連跳鍾馗這種東西也要教。」

「這樣就可以了嗎？」曉潔回過頭看著天滅魔之陣的咒文說：「如果不行的話，你要不要再跳一次比較保險，由你來破這個陣，會不會比較……」

曉潔話還沒有說完，突然感覺到身後有動靜，但是還來不及回頭，突然就被人用毛巾之類的東西摀住了嘴巴。

曉潔驚慌之下一吸氣，一股強烈的氣味湧入鼻腔，她立刻知道事情不對，但是為時已晚。

氣體一進入體內，曉潔頓時覺得全身的力氣就彷彿被人抽乾了。

耳邊只聽到阿畢的聲音淡淡地說：「我不會破這個陣，因為……這個陣就是我佈的，去破自己佈的陣，不是很孔鏘嗎？」

聽到阿畢這麼說，曉潔想要瞪大雙眼，但是雙眼卻完全不聽使喚，反而越閉越小，到最後變成了一片漆黑，就連意識也跟著墮入一片漆黑之中。

教室外面，教官心急地等著，突然看到教室的門打開，那個男人走了出來，肩膀上還扛著一個女學生。

「這是……」陳教官看了曉潔一眼，緊張地問：「情況到底怎麼樣？」

「她暈倒了，」阿畢對陳教官說：「我先送她去醫院，你就在這邊等著，應該過不了多久，他們就都會出現了，你只要在這邊等著就可以了。」

阿畢這樣對陳教官交代完了之後，轉身就要離開，離開之前還補了一句：「記住！千萬不要擅自進去，如果你擅自進去，一切後果你必須自己負責。」

阿畢說完這句近乎威脅的話語之後，頭也不回地下了樓梯，消失在教官的視線之中。

陳教官只覺得氣得牙癢癢的，但是也無可奈何，畢竟那男人可是董事長親自指名的現場指揮官。

只是陳教官卻完全不知道，這傢伙到底是打哪冒出來的。當洪老師在教室裡面製造出有如拆房子的巨大噪音時，他不進去。過了一段時間之後，整間教室裡無聲無息、一片安靜時，他反而撞門進去，但很快的又彷彿什麼事都沒有地走了出來。

直到剛剛，教室裡再度傳來一點細微的聲音，那男人才又走了進去，然後就這麼扛了一個女學生出來。

有這麼一瞬間，陳教官還真有那股衝動想要自己進去看個明白。

不過，到了最後，陳教官還是忍住了心中的那股衝動。

畢竟，那男人也說了，再等一會，再等一會就好了。

3

洪老師會被這男人活活打死！

這樣的想法，幾乎浮現在所有同學的腦海之中，幾個不忍心的同學，此刻已經淚流滿面了。

為了保護這些學生，阿吉也真的是豁出去了，但是對手卻是那個劉易經創作出來的劉易經，即便已經經過了十二年，在沒有本命鍾馗的情況之下，阿吉也不可能打得贏劉易經。有刀疤鍾馗的話，情況或許會完全不一樣，但是千金難買早知道，此時此刻，就是沒有辦法。

就在阿吉又再一次被劉易經一腳踢飛，重重地摔倒在地上的時候，阿吉想起了師父呂偉道長說過的話。

應該……是使用那個的時候了，用那個最後的招式。

阿吉這麼想的同時，腦海裡面也自然浮現了當時的景象。

那一天，天空是一片清澈蔚藍，呂偉道長將阿吉找來了辦公室。

「阿吉啊，」呂偉道長一臉猶豫的表情說：「師父我有點……猶豫，有件事情我不知道該不該告訴你。」

阿吉仰著臉，當時已經是青少年的阿吉，臉上還是有點稚氣，但嘴巴說出來的卻是一種十足小大人的口吻。

「說來聽聽啊，」阿吉手扠著腰，有點跩跩地說：「幫師父解惑也是弟子的工作之一。」

「呵呵，」呂偉道長淡淡地笑了笑說：「其實你可能自己也已經感覺到了，我會猶豫是因為我怕跟你說了，你不知道嚴重性，反而更快就亂用，到時候……連我都不知道該怎麼解決。」

「給我點信心好嗎？」阿吉攤攤手無奈地說：「我已經不是小孩了。」

「我知道，」呂偉道長點點頭笑著說：「所以……我想還是告訴你比較好。那就是，你有一個非常獨特的經歷，也因為這樣的經歷，給了你一個非常……特別的能力。」

「喔？」

「不過，」呂偉道長繼續說：「這個特別的能力，你一輩子只能使用一次，而且用了之後，輕則精神錯亂，重則粉身碎骨，一命嗚呼。」

「這什麼鳥能力啊？」阿吉一臉不以為然。

「我知道，」呂偉道長笑著說：「這很糟糕。不過至少你還有一線生機，就看你自己的造化了，不過就像我說的，你一定要到時機非常危急的時候，幾乎就是九死一生的情況之下，才能『考慮』使用，知道嗎？」

「知道是知道……」阿吉側著頭說：「不過這麼鳥的能力，我還真沒什麼興趣學。」

雖然當時的阿吉是這麼說，但最後他還是學會了。

而這個，就一直都是阿吉的最後殺手鐧，也正是當時他在台南 WF 廟，被附身到小悅身上的女鬼逼到絕境時，原本打算用來與她同歸於盡的最後招式。

因此像這樣面臨到絕境時，阿吉腦海裡面都會想起呂偉道長告訴他的最後招式。

原本還以為可以等到曉潔跳完鍾馗，可是那群小女生後面的那面牆壁，一直沒有出現自己等待的光芒，而他也真的完全不是劉易經的對手，因此阿吉心中才會想起這個最後招式。

當然，阿吉非常清楚，這也是沒辦法的，相信在外面的曉潔也已經盡全力了，要怪就怪自己猶豫太久了，如果提前一個月就讓曉潔住進么洞八廟，或許現在曉潔已經很熟悉跳鍾馗的一切，自己也早就盼到了那道希望之光。

阿吉用手撐住自己的身體，緩緩地站起來。

這已經不知道是第幾次自己被劉易經打倒之後，又狼狽地爬起來了。

就連一旁的學生也看到不忍地叫道：「老師！倒下去！不要再起來了！」

但是不管怎樣，只要阿吉沒死沒暈，不管多少次，他都還是會盡力站起來。

「唉，」站起來的阿吉嘆了一口氣，但是嘴角卻反而揚了起來，淡淡地笑著說：「看來真的不行了，不用那招真的不行了。」

只是用了那招之後，阿吉很清楚自己可能會有什麼下場。不過，至少他已經有了一個值得信賴的傳人，此刻對阿吉來說，就算要犧牲自己也在所不惜了。

眼前，劉易經面無表情，只是凝視著阿吉。

「你絕對是個值得的對手，」阿吉無力地搖搖頭說：「劉易經啊，你還真的是個妖孽啊……看著吧，這是我師父說的，只有我一個人會的絕招。」

阿吉說完之後，雙腳微微地向前一踏，鼻青臉腫的臉上，露出了堅毅的表情，左手緊緊握著拳頭的阿吉，將手緩緩向上舉，然後嘴巴叫道：「祖師……啊咧！」

本來豪邁大叫的阿吉，叫到一半的時候突然看到後面的牆壁露出了一絲光線。

「就是那個光！」阿吉指著所有學生身後的牆叫道：「去你的！就是那個光！」

此刻的阿吉感動到眼淚都快要噴出來了，所有人跟著看過去，的確看到了後面的牆壁上，似乎有道裂縫，而那白色的光芒就是從那道裂縫中射進來的。

劉易經也跟著轉過頭去，只見下一秒，強烈的白色光線就從彷彿裂開的牆壁射入教室之中，整間教室瞬間光亮了起來。

這原因阿吉最清楚不過了，這代表著在外面的曉潔，已經順利跳完鍾馗，才會讓滅產生裂縫，而這道光芒，就是動手破陣的烽火訊號。

在這片光線的曝射之下，就連劉易經都用手遮住了雙眼。

阿吉見機不可失，上前對準了劉易經的腹部，左手一個衝刺掌重重地擊中了劉易經的腹部，吃痛的劉易經一低頭，阿吉一掌得手，向前一步順勢右手由下往上筆直揮過來，就好像知名格鬥電玩裡的著名招式升龍拳一樣，準確地打中劉易經的下巴。

這一拳又準又強力，讓劉易經才剛縮身又立刻向上一挺，被打到幾乎騰空起來，阿吉這邊則是揮完拳之後，腳一抬把劉易經在空中踹開，緊接著一個轉身，阿吉手中早就已經握好的銅錢，宛如天女散花一樣，撒向了劉易經。

這一連串的動作，正是魁星七式的其中一招。

劉易經被這一連串的招式打到毫無招架之力，這道光線本身就具有鎮煞避邪的功效，因此在這道光芒的包圍之下，情況已經完全逆轉過來了。

阿吉也不再追擊，把劉易經打退之後，就立刻朝學生那邊跑過去。

「所有人抓緊我，向我靠攏！」阿吉對學生們叫道：「我們要回去了！」

阿吉說完之後，用手掌在牆壁上畫了一個北斗七星的樣子，本來應該要用刀片割破手掌，以血破陣，但是此刻阿吉早就被打到全身是血，根本不需要多此一舉。

其他學生則是盡可能一個抓一個，所有人抱在一起，緊緊圍住了阿吉。

「驅魔真君照生道，北斗七星耀歸途！」阿吉仰著頭叫道：「天滅魔之陣！這是給你的破陣掌！破！」

阿吉說完之後，用力一掌打在牆上。

牆壁就好像真的被阿吉打裂開來，更大量的光線湧了進來，此時不管是誰，都被這股強烈的光芒照到睜不開眼睛。

光芒徹底包圍住眾人，過了幾秒之後，光芒瞬間全部消失，眼前的景象才緩緩地浮現。

這裡看起來仍然是普二甲的教室，所有人愣了愣，看了看四周，一時之間沒有人敢離開半步。

所有人都眨了眨眼。

我們回來了嗎？

每個人臉上都寫著這個困惑，然後聽到了車水馬龍的吵雜聲，以及窗戶外面跑過去的幾個同學聲音。

「吼，妳好慢喔。」

「等我啦！啊！教官好！」

兩個女同學嬉鬧而過的聲音，從窗外傳入所有人的耳中。

普二甲的學生們彼此互看了幾眼，過了一會之後，所有人臉上先是浮上了開心的表情，然後又瞬間垮了下來。

「我們……回來了！」其中一個人扁著嘴說。

「嗚嗚嗚……我們回家了。」

「我們安全了，謝天謝地。」

所有學生哭成了一團，阿吉愣愣地看著這些學生，過了一會之後才意識過來，自己跟曉潔終於成功救出了這些學生。

阿吉轉過頭，想要看看曉潔與她分享這份榮耀，但是卻沒有看到曉潔的身影。

不遠的地上，那個練習用的鍾馗戲偶，靜靜地躺在原地，但是卻不見操偶的人。

一抹不安的情緒襲上了阿吉的心頭。

這時教室後門突然被打開，一個熟悉的身影跑了進來。

「你們！這到底是——」

那人不是別人，正是這段時間一直守在門外的主任教官，突然聽到哭聲的他，最後還是衝了進來，結果就看到了眼前亂七八糟的環境與莫名其妙的景象。

「你是……洪老師？」教官看著佇立在原地，盯著戲偶的阿吉問。

教官當然不知道，為什麼洪老師會突然變成一個金髮男子，而這些同學為什麼又會突然出現在教室裡面。

阿吉完全沒有理會陳教官的疑問，因為此刻他的心中只有一個疑惑，那就是——曉潔人呢？

4

普二甲的所有學生，這段時間到底到哪裡去了？而最後為什麼又會這樣突然出現在教室裡面？

對於這些問題，即使到了現在陳教官還是沒有辦法理解，更無從問到答案。

學校方面則在洪老師擅自行動之後，就立刻對洪老師進行了停職的處分，並且預定要召開教評會，討論這整起事件的最後懲處。

但是就連陳教官自己都不清楚，洪老師到底做了什麼，是如何讓這些學生消失又出現的？

然而，就在陳教官自己還滿腹疑問的時候，那個頂著一頭金髮，看起來就好像叛逆少年一樣，嶄新的洪老師就這麼出現在他的面前。

在普二甲風波告一段落，學生們平安放學之後，新洪老師一臉落魄地來到了教官室，臉上都還可以看得到被人痛毆過的痕跡，原本應該戴著的眼鏡被他拿在手上，陳教官很懷疑洪老師整個臉都腫成那樣了，眼鏡真的還能戴得上去嗎？

「教官，」洪老師問教官：「不好意思，我有事情要問你。」

「對不起，」陳教官一臉為難地說：「洪老師，基於職責，我可能不見得可以回答你的問題。」

畢竟洪老師現在已經被宣布暫停教師職務，陳教官這邊當然也有些難言之隱。

「我只有一個問題要問，」洪老師說：「你剛剛說我的學生葉曉潔，因為暈倒被一個男人送去醫院，我想知道那男人長什麼樣子？大概幾歲？叫什麼名字？打哪冒出來的？」

明明說只有一個問題，卻一連問了一堆，不過真正讓陳教官為難的卻是，一直到現在，他也不知道那個男人是誰，更不可能知道他打哪裡來。

「抱歉，」陳教官搖搖頭說：「我沒辦法回答你的問題，因為我真的不知道他是誰。」

「不知道他是誰？」洪老師挑眉地說：「你就這樣讓他在你眼前把學生帶走？」

聽到洪老師這麼說，陳教官也有點火氣了，指著洪老師說：「洪老師，你自己有那麼多事情解釋不清楚，你還有資格來質問我？你要不要先解釋看看，你把那些學生帶到什麼地方了？為什麼那麼多學生同時失蹤？又為什麼最後你們會這樣突然出現？」

「等等，」洪老師伸手阻止教官無止盡地問下去：「如果我有冒犯你的地方，我跟你道歉。」

洪老師說完之後，深深一鞠躬，就連陳教官都沒有想到，洪老師竟然會這樣乾脆。

「我可以跟你保證，」洪老師抬起頭來繼續說：「至少那些學生現在絕對是安全的。但是葉曉潔不一樣，我懷疑她現在非常危險，那男人很可能綁架她了。」

「綁架？」陳教官聽了也緊張了起來。

「對，」洪老師點了點頭說：「所以你不知道名字沒關係，我只求你盡可能把你知道的告訴我，至少告訴我他長什麼樣子，有什麼特徵之類的？拜託你了！」

洪老師說完，又是深深一鞠躬。

面對如此低聲下氣的洪老師，陳教官也有點為難。

「我不知道他是誰，」陳教官說：「所以不知道他的名字，不過他跟現在的你一樣，也有一頭金髮，中等身材，說到特徵嘛，下巴有一個傷痕，但不是很明顯，可能要細看才看得到，至於他到底是什麼人，你想知道的話可能要去問董事長了，因為他是跟董事長一起來的……。」

「不用了，」洪老師咬牙切齒地說：「我已經知道他是誰了。」

洪老師的憤怒全寫在臉上，手上也因為暴怒而握緊，整個眼鏡都被捏碎了。

「他叫……阿畢！」洪老師幾乎是用吼的吼出這個名字。

接著，洪老師二話不說，轉頭離開了教官室，留下一臉困惑的陳教官，不知道自己是不是做錯了什麼。

尾聲

1

曉潔可以感覺到震動，但是身體卻完全不聽使喚，就連雙眼都睜不開，只剩下些微的意識，還能夠稍微感受到一些周遭的情況。

那感覺就好像被鬼壓床一樣。

「我這邊已經處理好了。」一個男人的聲音傳到了耳中。

曉潔認得出來，那應該是阿畢的聲音。

「這個女生很好，」阿畢說：「她幾乎可以說是那傢伙的徒弟了，剛剛就是靠她跳鍾馗才破了滅陣，倒也算是省去了我一個麻煩。」

這時，曉潔又聽到了另外一個男人的聲音，聲音有點空洞，感覺就好像是從喇叭還是擴音器之類的東西播放出來的聲音。

「既然這樣的話，」另外一個男人說：「我們不能問她就好了嗎？」

「她只在那裡待兩個多禮拜，」阿畢說：「你真的期望有人可以在兩個禮拜之內記得所有的口訣嗎？別說笑了，我們還是按照原定計劃吧。都已經走到這裡了，沒必要特別冒險。」

「也對，」另外一個男人說：「那你現在人在哪裡？」

「照原定計劃啊，」阿畢說：「我準備回去頑固廟，在那邊留下一點訊息給阿吉。」

「嗯……」另外一個男人說：「再過幾天學校那邊就放假了，我已經跟學校說好了，楊董那邊會淨空整個校園給我們使用。」

「好，」阿畢說：「那麼一切就照原定計劃行事。」

阿畢說完之後，曉潔只聽到一聲電子音，然後就什麼也沒有聽到了。

世界又恢復了一片寧靜，只聽到似乎是車子在路上跑的聲音，曉潔想要睜開雙眼，但是越努力，整個人的意識就越模糊，終於到了最後，曉潔又沉沉地暈了過去。

2

在普二甲全班同學入滅之後的第二天，J女高的大會議室中，一場激辯正在如火如荼地展開。

「正常人會這樣變裝嗎？」

「沒錯！這是欺騙！」

「我有聽說這叫做變裝癖，是一種精神上的疾病。」

「唉唷，如果被家長會知道我們用有精神疾病的老師，我們會有麻煩的。」

「這樣會不會有點太過歧視精神疾病了？」

「這不是歧視！我們只是就現實來說，本來就應該以學生的最大利益當作考量啊！」

此刻正在進行的會議，正是為了處理普二甲這一個月以來接二連三所發生的事件，以及討論普二甲導師洪老師的懲處。

會議才剛開始，以謝老師為首的一堆反對派，便非常嚴厲地批評洪老師，幾個跟謝老師比較有交情的老師，也附和著謝老師的說詞，一直對洪老師提出批評。

然而台下的其他與會的老師，對於這樣的說詞似乎不是很能認同，畢竟洪老師一直是與世無爭，雖然大部分的老師都與洪老師沒什麼特別的交情，但是也都處得還不錯，不知道為什麼謝老師等人會這麼不能容忍洪老師。

而且這一起事件，說實在的也讓人感到丈二金剛摸不著頭腦，大部分的老師根本搞不清楚到底實際上發生了什麼事情。

整體來說，眾人只知道事情的經過，大概就是普二甲的學生在下午第一堂課的時候，全班都消失了。然後得知全班失蹤的洪老師，在教室外面與教官等人起了點衝突，並且自稱願意負起全責，然後便走入教室之中，將教室反鎖。守在外面的主任教官，一直都沒有看到任何人員進出，直到快要放學的時候，全班學生竟然又全部都出現在教室之中。

當然，關於那個出現在董事長身後的神秘男子，就只有教官以及幾個在場的老師知道關於他的事情，而除了主任教官之外，更沒有人知道他後來實際上是有進入教室裡面，並且還帶走了其中一名學生。

不過眾人都知道，在將其他人鎖在教室外面的這段時間裡，教室一度發出驚人的聲響，最後當教室門打開之後，發現教室的後牆遭到破壞，而且還被人塗滿了駭人符咒的事情，洪老師恐怕責無旁貸。

然而洪老師卻沒有對這兩件事情提出任何合理的說明，這點或許也是在場所有跟洪老師還算不錯的老師，沒有辦法幫他說話的地方。

因此整場教評會一直都很偏頗，幾乎可以說是洪老師的批判大會，不管是誰都可以多少看得出來，謝老師有多討厭洪老師。

一直到謝老師說出「以學生利益當作考量」，一些反彈的聲音才開始浮現出來。

「既然是以學生的利益當作考量，」負責輔導普二甲的魏教官提出自己的看法說：「到目前為止，洪老師也沒有做出什麼危害學生利益的事情。」

魏教官這麼一說，引來許多老師的贊同。

「或許破壞公物，」另外有老師提出自己的看法：「是個非常不好的示範，這點可能也跟他本身的情緒控管有關，但是那也表示他很在乎那些學生，因此當學生失蹤的時候，情緒才會有點失控，這點應該是可以理解的。」

「什麼情緒失控？」謝老師一臉不以為然：「這樣就情緒失控，誰知道下次他會做出什麼樣的事情，他們班前陣子不是也有一個同學因為什麼情緒失控就動手毆打教官跟老師嗎？我看啊，就是因為被洪老師影響的關係。更何況那些學生的失蹤，誰知道跟洪老師有沒有關係啊？說不定就是洪老師讓她們失蹤的。」

「如果是這樣的話，那妳要怎麼解釋那些學生會突然又出現在班上？」

「我怎麼知道！」謝老師不悅地轉過頭去。

「那個……」另外一個老師舉手說道：「我曾經聽過有學生提到，好像有看過洪老師變魔術……」

「沒錯！」謝老師一聽立刻激動地說：「這肯定就是魔術！不然你們怎麼解釋在眾目睽睽之下，這些學生會突然不見又出現？」

所有人面面相覷，沒人有辦法解釋到底洪老師是如何做到的。

「如果是這樣的話，」有個老師突然這麼說：「那就算洪老師不當老師，也能去當魔術師啊。」

這句話一出，有幾個老師被逗笑了出來。

而就在這個雙方僵持不下的時候，教務主任面前的電話突然響了起來。

教務主任將電話接起來，臉上表情立刻沉了下來。

「校長！是！」教務主任一邊答聲，一邊點著頭：「是！是！是！是！」

看著教務主任有如應聲蟲一樣，連連點頭稱是，有些老師已經覺得好笑，在底下偷笑了起來。

過了一會之後，教務主任掛上了電話，然後皺起眉頭看著所有人，緩緩地說：「我剛剛從校長那邊得知了一件很糟糕的事情，我想在我們做出任何決定之前，應該要先把這件事情列入考慮……」

所有人這時都收起了笑臉，也停下了爭論，屏息等著教務主任把所謂很糟糕的事情說出來。

「有女學生……」教務主任深呼吸一口氣說：「到洪老師家裡過夜。」

普二甲的教室裡面，氣氛可以說是異常的低迷。

學期即將結束，但是卻少了三個人，一個是班長葉曉潔，另外一個是因為精神狀況不穩定而入院的楊毓蘭，最後還有一個就是班導師洪老師。

教務主任進到了普二甲，宣布了最後校務會議的決定——洪老師被學校開除，並且永不錄用。

對於這樣的決定，有學生不捨地哭了出來，當然也有人不服氣，拚命想要幫洪老師解釋，但學校既然已經做出了決定，怎麼可能因為幾個學生的反對就做改變。

這樣的裁決，也等於宣布了阿吉從小到大唯一的夢想，就這麼徹底破滅了。

然而，就在教務主任宣布了阿吉人生夢想破滅的同時，阿吉人就在開往台南的高鐵上。

他沉著臉看著窗外不斷流瀉的景觀，他知道十年之約，終究沒有辦法實現。

阿吉看著即將落下的夕陽，非常明白此行到台南，終將免不了一戰，而且這將會是徹底改變許多人一生的一場大戰。

後記

大家好，我是龍雲，非常高興在這裡跟大家見面。

首先先公布上一集的答案，那件事情是發生在我高三的時候。

那時我剛轉學，還在適應環境的階段，有一天在我走出廁所的時候，突然聽到有人叫我的名字。

我轉過頭去，就看到了在上一集的《驅魔教師》裡面，曉潔所看到的畫面。

一個同學就好像保齡球一樣，從走廊筆直朝我這個方向而來。

那位同學是用快走的速度前進，但是所有擋在她路線上的同學，全部都被她撞倒、撞飛。

那時完全不知道發生什麼事情的我，愣愣地看著眼前詭異的景象。

定睛一看才發現，那個宛如保齡球般撞開所有人的同學，是我們班上的女同學，而且跟我一樣是轉學生。

不過真正讓我訝異的是她的雙眼，那時候的她雙眼流露著一股詭異的執著，而且非常兇狠的感覺。

追在她身後的導師對我叫道：「抓住她！」

這時的她已經來到了我的面前，我立刻伸手想要抓住她，她完全沒有停下來或轉向的意思，就這樣直直而來，轉眼間我也跟先前的那些同學一樣，化身為保齡球瓶，被她撞飛了。

不分男女，我從來沒有遇過力量那麼大的。

事後導師只告訴我們，她因為家庭與宗教的因素，所以才會有這樣的表現。

那位同學在休息了一個禮拜之後，若無其事地回到學校。

回到學校的她，一切都很正常，就好像那件事情從來沒有發生過一樣。

時至今日，我還是不知道那天到底發生什麼事，不過她當時的眼神還烙印在我的腦海之中。

這就是上一集的謎題，大家猜對了嗎？

好了，最後同樣謝謝大家這次的觀賞，希望大家會喜歡這一集的內容，那麼我們下次再見。

龍雲

龍雲作品 05

驅魔教師 05：初生之犢

國家圖書館出版品預行編目資料

驅魔教師05：初生之犢 ／ 龍雲 著.
— 初版. — 臺北市：春天出版國際，2015. 08
面； 公分. —（龍雲作品；05）
ISBN 978-986-5706-77-7（平裝）
857.7 104011533

ISBN 978-986-5706-77-7
Printed in Taiwan

作者	龍雲
封面繪圖	B.c.N.y.
總編輯	莊宜勳
主編	鍾靈
責任編輯	黃郁潔
美術設計	三石設計
出版者	春天出版國際文化有限公司
地址	台北市信義區信義路四段458號3樓
電話	02-7718-0898
傳真	02-7718-2388
E-mail	story@bookspring.com.tw
網址	http://www.bookspring.com.tw
部落格	http://blog.pixnet.net/bookspring
郵政帳號	19705538
戶名	春天出版國際文化有限公司
法律顧問	蕭顯忠律師事務所
出版日期	二〇一五年八月初版
定價	160元
總經銷	楨德圖書事業有限公司
地址	新北市新店區寶興路45巷6弄6號5樓
電話	02-8919-3186
傳真	02-8914-5524

龍雲
作品

龍雲
作品